Zu nachtschlafender Zeit

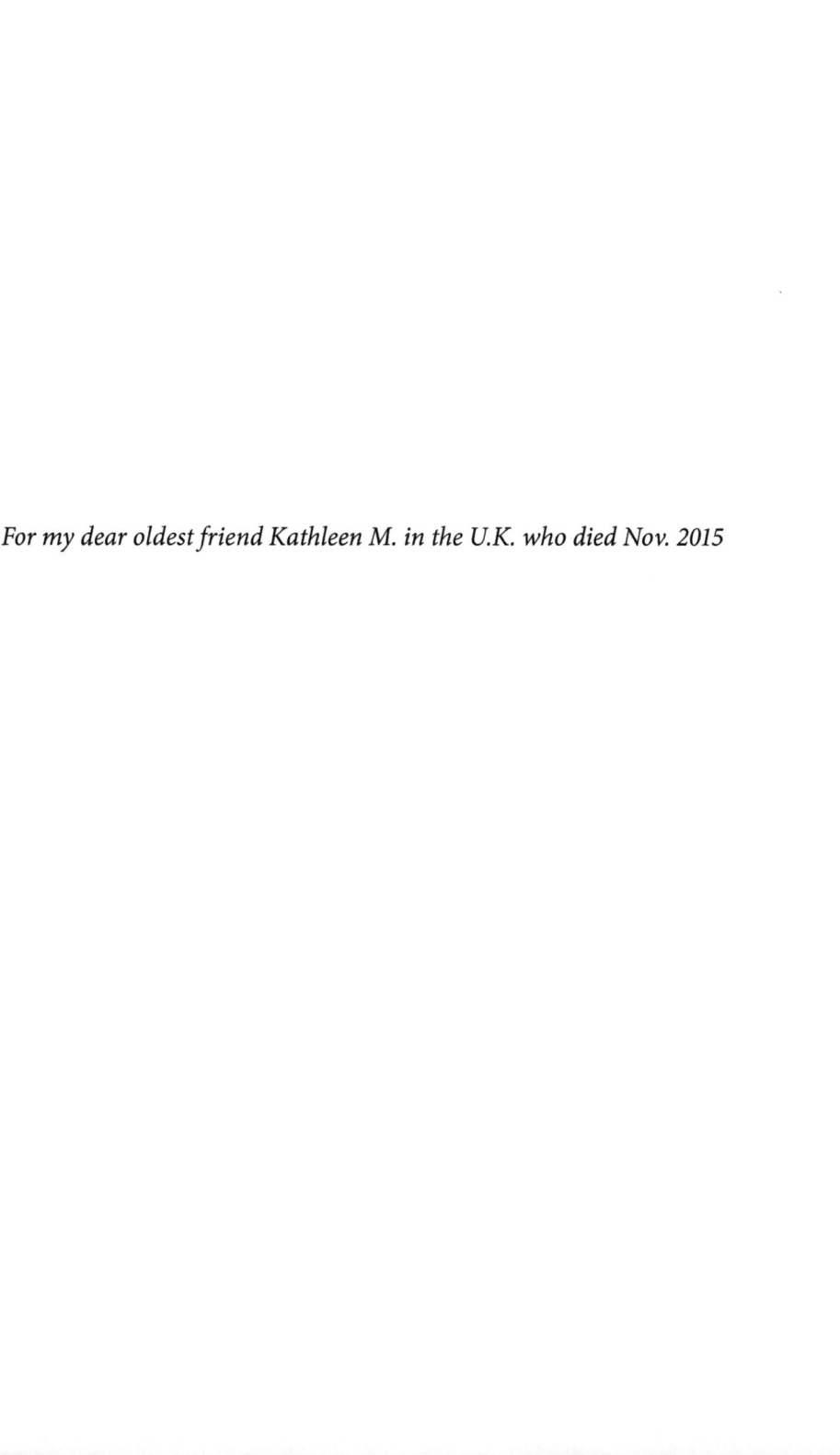

For my dear oldest friend Kathleen M. in the U.K. who died Nov. 2015

UDO BAHNTJE

Zu nachtschlafender Zeit

Geschichten zum Abend und zur Nacht

Bibliografische Information der Deutschen Nationalbibliothek:
Die Deutsche Nationalbibliothek verzeichnet diese Publikation
in der Deutschen Nationalbibliografie; detaillierte bibliografische
Daten sind im Internet über http://dnb.dnb.de abrufbar.

© 2016 Udo Bahntje
Umschlagbild: Gabriele Herzog
Satz, Umschlaggestaltung, Herstellung und Verlag:
BoD - Books on Demand

ISBN: 978-3-7392-6575-9

Inhalt

Der Kuss

Konrads Blick wandert von dem großen goldenen Bild zu Christiane hin, die mit ihren Freundinnen Sandra und Melanie am Rande des Spiegelsaals sitzt und über Männer und andere Unwichtigkeiten witzelt. Es ist Pause in der vorletzten Tanzstunde vor dem viel besprochenen Abtanzball im Juni dieses Jahres 1967. Herr Meyerbeer, der leichtfüßig galante Tanzlehrer und Inhaber des ›Tanzpalasts‹, ist zurzeit im Hintergrund verschwunden.

Für Konrad waren es die ersten Tanzstunden seines Lebens. Er hat sich lange gesträubt und Ausreden ersonnen, doch hat er sich schließlich von seinen Eltern überreden lassen. Christiane hingegen darf diesen Grundkurs schon zum zweiten Mal mitmachen, und zwar als Gast, weil es gerade zu wenig Damen gab. Sie ist zwei Jahre älter als Konrad, nämlich schon beneidenswerte 18, und geht auf dasselbe Gymnasium wie er. Mit ihrem Temperament, ihren roten Haaren und den Sommersprossen auf Wangen und Nase wirkt sie erfrischend natürlich, und da sie außerdem eine gute Tänzerin ist und wo sie geht und steht den Gesprächsmittelpunkt bildet, nimmt es nicht wunder, dass Herr Meyerbeer gerade sie zu diesem Kurs eingeladen hat. Heute trägt sie knallenge Jeans und eine schneeweiße hoch geschlossene Bluse mit Stehkragen, um den an einem schmalen Lederbändchen ein schwarzweißer Yin und Yang Anhänger baumelt, auf den sich jeder selbst seinen Reim machen kann.

Das alles steht im Kontrast zu der etwas altmodisch wirkenden Umgebung, dem großen Spiegelsaal mit dem blanken Parkett und den beiden quadratischen spiegelverkleideten Säulen in der Mitte des Saals. Dazu viel Blattgold und überall fein überpudert eine Prise Jugendstil oder Art déco, wie Herr Meyerbeer, der diese Umgebung innig liebt, sich mit leichter geschichtlicher Ungenauigkeit aber um so größerer Vornehmheit auszudrücken beliebt. Insofern passend auch das besagte goldene Bild an der Wand. Es zeigt einen großen breiten Mann in einem prächtigen Patchworkmantel, der sich in stark dominierender Umarmung über eine blasse Frau beugt, von der man nur ein Stück ihres weißen Gesichts und eine schmale weiße Hand sieht, während das Übrige mit den golddurchwirkten Farben des Mantels und der Umgebung verschmilzt.

In der zweiten Tanzstunde, nach einem Exkurs über die geliebte Art déco, hatte Herr Meyerbeer gefragt, ob jemand wisse, wer dieses Bild gemalt habe. Keiner wusste es bis sich Konrad schließlich brav wie in der Schule meldete und sagte:»Der Maler heißt Gustav Klimt, und ich glaube, das Bild heißt ›Der Kuss‹. Daraufhin hatte Herr Meyerbeer anerkennend mit dem Kopf genickt und ein Lob gemurmelt bevor er im Hintergrund verschwand. Bei den Zuhörern bildete das goldene Gemälde mit diesem zu jugendlichen Fantasien anregenden Titel noch einige Zeit ein Gesprächsthema. Auch auf Christiane schien dieser kurze Dialog Eindruck gemacht zu haben, und als Konrad an der kleinen Getränkebar neben der Saaltür gerade eine Cola bestellt hatte, baute sie sich plötzlich vor ihm auf und fragte in ihrer unverblümten Art, ob er schon mal von einem Mädchen geküsst worden sei. Als er verlegen den Kopf schüttelte und den Blick senkte, hatte sie auf diese stumme Antwort nur erwidert:»Dann wird es aber Zeit!«, und Konrad, ehe sich's dieser versah, einen schallenden Kuss auf die linke Wange gegeben. Das wurde allseits mit Gelächter quittiert, denn dieser Kuss wurde ja weniger als Kuss denn als gelungener Streich gewertet. Auch hätte ein selbstsicherer Adressat die Gelegenheit wohl genutzt und sich umgehend auf eine entsprechende Weise revanchiert, doch Konrad wandte sich nur zur Seite, um sich seine Verlegenheit nicht anmerken zu lassen. Doch wir sehen, dass das Bild langsam begann, auf seine Umgebung einzuwirken.

Das war also tatsächlich Konrads erster Kuss von einem erwachsenen Mädchen gewesen und seine einzige Sorge war dabei, dass seine Gesichtsfarbe nicht seine Verlegenheit widerspiegeln möge. Doch ein Blick in einen der großen Wandspiegel beruhigte ihn. Er konnte keine auffällige Veränderung an sich bemerken. Sicherlich deshalb, weil dieser Kuss eben wirklich nur äußerlich ein solcher, in Wirklichkeit jedoch ein frecher Streich war. Doch ganz so einfach lagen die Dinge dann auch wieder nicht. Der Kuss hatte bei Konrad eine Art Infekt ausgelöst. Das goldene Bild und Christianes Kuss wollten ihm nicht mehr aus dem Kopf gehen.

Heute nun, in der vorletzten Tanzstunde, als er Christiane bei einem langsamen Walzer etwas fester als erforderlich in den Armen hält, hat er die Gelegenheit endlich, und wie sich alsbald herausstellt viel zu spät beim vermeintlichen Schopf ergriffen und gefragt, ob er sie zum Abtanzball einladen dürfe. Aber Christiane schwenkte nur temperamentvoll ihre roten Haare in waagerechter Richtung. »Oh nein! Findest du diese Frage nicht etwas reichlich spät? Jochen hat mir schon in der zweiten Stunde das Versprechen abgenommen mit ihm zu gehen. Tut mir leid, aber versprochen ist versprochen.«

Das ist mal wieder typisch für Konrad. An sich sonst keine schlechten Voraussetzungen. Schlank, hoch aufgeschossen und sportlich, Klassenbester in Geschichte und Deutsch, aber zugleich eben viel zu träumerisch und zögernd, zuweilen noch ein richtiges Kind. Und keine Chance gegen einen so schneidigen, mit allen Wassern gewaschenen Jochen, der mit seinen 18 Jahren zwar schon zweimal eine Klasse wiederholen musste, doch schon reden kann wie ein Politiker, so dass man bei seinen Monologen in Gemeinschaftskunde am Ende so schlau ist wie am Beginn der Rede. Oder sind solche Gedanken etwa nur Neid? Hat er nicht selbst und allein schuld an seinen oft vertanen Chancen? Solche zu haben und sie auch sofort und kaltblütig zu nutzen sind zweierlei Dinge, die er im Zusammenspiel noch nicht ausreichend im Griff hat. Doch gleich darauf schämt er sich solcher Gedanken. Es ist doch schnurzpiepegal mit wem er den Abend des Abtanzballs zusammen verbringen wird. Herr Meyerbeer würde ihm schon eine Partnerin besorgen wenn diese vornehmen Dämchen hier alle bereits vergeben sind. Also abwarten und Tee trinken.

In der folgenden Woche geschieht in der nunmehr letzten Tanzstunde etwas Unerwartetes. Herr Meyerbeer, in Lackschuhe und vornehmes Schwarz gehüllt, klatscht schallend in die Hände und ordnet in seinem leicht näselnden, stets ein wenig ironischen Unterton Damenwahl an. Christiane steuert zielstrebig auf Konrad zu und schnappt ihn kurz und gekonnt der schwarzhaarigen Melanie weg, die ebenfalls auf Konrad zugegangen ist.

Ein Tango klingt auf. Gerade Tango, den Konrad immer so gemocht hat. Doch nun, weil es gerade Christiane ist mit ihrer wenn auch unverschuldeten Ablehnung, nimmt Konrad eine recht umständliche und distanzierte Haltung ein, was die missbilligenden Blicke von dem in der Nähe stehenden Herrn Meyerbeer auf sich zieht. Doch bevor sich dieser zum Eingreifen durchringen kann ist Christiane schon mit Konrad an ihm vorbei geschwenkt und hinter einer der Spiegelsäulen seinen Blicken entschwunden. »Stell' dir vor«, beginnt sie ganz unvermittelt, »der Jochen darf in 14 Tagen mit seinen Eltern nach Florida fliegen. Sein Vater ist dort mit Familie von einem Geschäftspartner eingeladen und Jochen will sich natürlich diese Gelegenheit nicht entgehen lassen. Daher hat er mir für den Abtanzball abgesagt. Hast du noch Lust mit mir zu gehen?« Das ist die schönste Frage, die Konrad seit langem gestellt wurde, und als er mit Christiane im Arm erneut im Blickfeld des gestrengen Herrn Meyerbeer erscheint, hat dieser an seiner Haltung nichts mehr auszusetzen.

Es wird, wie man so pathetisch zu sagen pflegt, eine rauschende Ballnacht. Christiane ist überraschenderweise in einem fast altmodisch wirkenden hellgrünen weiß gepunkteten Baumwollkleid erschienen, mit kurzen Puffärmeln und rundem Ausschnitt. Um den Hals trägt sie jetzt keine Lederschnur, sondern eine schmale Goldkette mit einem goldenen Kreuzanhänger mit rotem Stein in der Mitte. Ein Konfirmationsgeschenk, wie sie Konrad auf Befragen erklärt. Doch sonst ist sie ganz dieselbe geblieben: temperamentvoller Mittelpunkt des Tischgesprächs mit vielem Lachen und tanzenden Sommersprossen. Die roten Haare fliegen nur so und gleichen Fackeln, die die Stimmung auflodern lassen wohin sie sich auch wenden. Beneidenswerte Veranlagung, denkt Konrad, prostet Christiane zu und genießt diesen Abend, der sich schöner entwickelt als er es je zu träumen gewagt hat.

Mitgerissen von solcher Fröhlichkeit hat sich Konrad im Laufe des langen Abends ohne es recht zu bemerken mehr Gläser Wein als je zuvor eingeschenkt. Und auch Christiane hat tapfer mitgehalten. Gegen drei Uhr morgens, als es nun wirklich Zeit ist, bringt Konrad sie nach Hause, und zwar mit dem Taxi, denn seine Mutter hat ihn großzügig mit Geld ausgestattet für diesen ersten Ballabend seines Lebens. Anschließend will Konrad zu Fuß weiter wandern, um sich in der kühlen Nachtluft zu erfrischen und seine aufgewirbelten Gedanken in Ruhe zu ordnen.

Doch die Nachtluft erweist sich gar nicht als so kühl wie gedacht. Viel milder und auch heller ist es als er erwartet hat. Denn der Vollmond, vor dem nur ab und zu dünne Wolken in durchsichtigem Schleier vorüber ziehen, steht am Himmel und beleuchtet den Weg. Als Konrad die Gartenpforte aufklinkt und Christiane vor ihm auf dem Plattenweg durch den Vorgarten auf die Haustür zugeht, kann er deutlich die Umrisse von hohen Büschen mit heraus ragenden Zweigen am Wegesrand erkennen. Schau einer an: Plötzlich ist sie hinter einem hohen überhängenden Busch verschwunden, der in ein Sternenzelt weißer, im Mondschein funkelnder Jasminblüten eingehüllt ist. Der Jasmin duftet betäubend und verdichtet sich plötzlich zu einer riesenhaften Gestalt.

Der Mann im Patchworkmantel tritt hervor. Dort sind seine schwarzen Haare, und von der Frau, die er umschlungen hält, ist unter seiner massigen Gestalt fast nichts mehr zu sehen. Ist das bedrängend oder beschützend? Konrad findet es eher bedrängend und bleibt mit klopfendem Herzen stehen. Doch da ist es ja, das weiße Gesicht oben links neben der Schulter des Mannes, und plötzlich löst sich eine schmale Frauengestalt aus der riesenhaften Umarmung und tritt in das helle Mondlicht. Zum ersten Mal sieht Konrad die vollständige Frau im Bild.

»Was ist mit dir, Konrad? Willst du nicht weiter gehen?« Und als er weder antwortet noch weiter geht tritt die Frau ganz nahe an ihn heran, breitet die Arme aus und legt sie um seinen Hals. Er erkennt ein vertrautes Gesicht, das sich gegen ihn erhebt und die Lippen zum Kuss anbietet. Doch vorher flüstern sie, typisch Christiane und leise ihn neckend: »Nun bist du an der Reihe …«

Der Mann im Patchworkmantel ist machtlos geworden. Er hat seine bedrängende Dominanz verloren, und als Konrad nach unendlich langer Zeit aufblickt ist er verschwunden. Nur die Jasminblüten blitzen noch deutlich im Mondlicht. Er wird sich später immer wieder an sie erinnern.

Eine Gastrolle des Teufels

Es war im beginnenden Herbst des Jahres 1959, als in dem bayerischen Städtchen N. ein besonderes Theaterereignis bevorstand. Der erste Teil von Goethes Faust stand auf dem Programm, und am ersten Sonnabend im September sollte mit Beginn der Spielzeit die Premiere stattfinden.

Die Theaterleitung hatte für die Rolle des Mephisto den Schauspieler Helmut W. verpflichtet, der trotz seines jugendlichen Alters als aufsteigender Stern am Theaterhimmel gefeiert wurde und bereits auf großen Bühnen in Berlin und München gespielt und glänzende Kritiken erhalten hatte. Von seinem Privatleben wusste man wenig. Bekannt war nur ein gewisser Spleen, über den man hinter vorgehaltener Hand zu tuscheln und zu lächeln pflegte. Er war bekennender und grenzenloser Verehrer des großen Gustav Gründgens, den er oft zitierte und in allen seinen Eigenheiten nachzueifern suchte. Daher hatte es W. zur Bedingung gemacht und konnte es dank seines Rufes entgegen einer anfangs gefühlten Peinlichkeit des Direktors auch durchsetzen, dass er auf der Bühne des Provinzstädtchens N. in einem ganz ähnlichen Kostüm auftreten durfte wie der große Gründgens in Hamburg. So trug er in seiner Rolle einen eng anliegenden schwarzen Anzug mit schwarzen Handschuhen und rotem Mantel, das Gesicht weiß geschminkt, abgegrenzt durch schwarze Konturen und blutrote Lippen.

Wenige Tage vor der Premiere gab es einen jener Zwischenfälle, die bei einer fertigen Inszenierung so unbeliebt und gefürchtet sind. Der Schauspieler, der die Rolle Valentins, Gretchens Bruder, spielen sollte, erkrankte plötzlich schwer an einer als solche vermuteten Lebensmittelvergiftung und musste im Krankenhaus behandelt werden. Doch konnte nach eiligem Suchen ein auswärtiger, am Ort unbekannter Schauspieler mit dem Namen Richard L. gefunden werden, der nach eigener Darstellung die Rolle des Valentin bereits einmal gespielt hatte und beim Vorsprechen einen zwar nicht überwältigenden aber doch sicheren Eindruck machte.

So wurde seine Bewerbung mit Erleichterung angenommen und der Termin zur Premiere war nicht mehr gefährdet.

Der Abend des großen Ereignisses war gekommen. Das Theater war bis auf den letzten Platz ausverkauft, und ein festlich gekleidetes Publikum wartete gespannt vor dem noch geschlossenen roten Vorhang. Und als sich dieser dann hob wurde es nicht enttäuscht. Faust und Mephisto lieferten sich kongeniale Rededuelle und nach jedem Senken des Vorhangs klang zwischen den einzelnen Bildern lebhafter Beifall auf.

Dann kam es zu jener Szene, die mit »Nacht« bezeichnet ist, und in der Valentin seinen Degen gegen Faust und Mephisto zieht, um die verlorene Ehre von Gretchen, seiner geliebten Schwester, zu rächen. Laut und vernehmlich hallten seine Worte durch den Saal:

>»Wen lockst du hier? Beim Element!
>Vermaledeiter Rattenfänger!
>Zum Teufel erst das Instrument!
>Zum Teufel hinterdrein den Sänger!«

Seit dem Beginn dieser kurzen Szene hatte die Souffleuse mit Erstaunen bemerkt, dass der Klang der Stimme des Mephistopheles plötzlich verändert erschien und sich verfremdet hatte. Hatte Helmut W. vor diesem Auftritt etwas getrunken? Doch hatte sie keine Zeit darüber nachzudenken und musste sich auf den Text konzentrieren. Und wieder überlief es sie wie mit einem kleinen Schauder, als Mephisto mit eben dieser verfremdeten Stimme nun entgegnete:

>»Die Zither ist entzwei, an der ist nichts zu halten!«

und nach einer kurzen Entgegnung von Valentin:

>»Herr Doktor, nicht gewichen! Frisch!
>Hart an mich an, wie ich euch führe.

Heraus mit eurem Flederwisch!
Nur zugestoßen! Ich pariere.«

Es erfolgte das bekannte ungleiche Duell von zwei Fechtern gegen den einen braven Soldaten. Valentin schien erkennbar zu ermatten und rief in richtig gefühlter Erkenntnis der Situation:

»Ich glaub, der Teufel ficht!
Was ist denn das? Schon wird die Hand mir lahm.«

Und dann folgte, kaum sichtbar im Dunkel der nächtlichen Szene, der tödliche Stoß. Kam er von Faust, wie es dessen Rolle vorschreibt, oder von Mephisto? Weder vom Publikum noch selbst von der Souffleuse war das im Dunkel zu erkennen. Und wieder tönte die verfremdete spottende Stimme von Mephisto:

»Oh weh! Nun ist der Lümmel zahm!
Nun aber fort! Wir müssen gleich verschwinden!
Denn schon entsteht ein mörderlich Geschrei!«

Das Geschrei ertönte wie vorgesehen zuerst von Marthe aus dem Fenster und setzte sich dann mit Gretchens und Volkes Stimme fort. Doch dann kam es zum Eklat, der noch lange den beherrschenden Gesprächsstoff im Städtchen N. bilden sollte. Denn als die Reihe wieder an Valentin kam und dieser als Sterbender seinen letzten langen Monolog halten sollte, der mit den Worten beginnt: »Mein Gretchen, sieh! Du bist noch jung.«, da schwieg Valentin. Die Souffleuse sagte ihm mehrmals diese und weitere Worte vor, doch Valentin sagte nichts mehr. Die verbliebenen Schauspieler auf der Bühne traten hinzu und bemerkten mit steigendem Entsetzen, dass auf dem Hemd des braven Soldaten das ihnen bekannte Theaterblut sich mit etwas hellerem Blut, das aus einer Wunde nahe des Herzens floss, vermischte.

Schrecken breitete sich aus, und der Vorhang fiel. Man hörte Rufe nach einem Arzt und rennende Schritte in Richtung Garderobe. Die Zuschauer glaubten an einen Unfall und blieben in der Hoffnung, dass sich der Vorhang wieder heben würde auf den Plätzen sitzen. Doch der Vorhang blieb geschlossen. Hinter dem Vorhang nahm ein Schauspiel, das nicht auf dem Programm stand, seinen Fortgang. Vor der Garderobe des Mephisto lag Faust, von einem Schlag auf den Kopf betäubt, in dem engen Theatergang. Man riss die Tür zur Garderobe des Mephisto auf und fand diesen zum grenzenlosen Erstaunen gefesselt und geknebelt auf dem Boden liegend. Man befreite ihn von dem Knebel, wagte aber nicht seine Fesseln zu lösen bevor die Polizei eintraf. Diese war bereits alarmiert und nach erkennungsdienstlicher Behandlung wurde er von seinen Fesseln befreit. Langsam berichtete er mit stockender Stimme von einem Überfall durch einen unheimlichen Doppelgänger direkt vor Beginn der Nachtszene.

Dieser Doppelgänger, dessen wahres Gesicht niemand unter der weißen Schminke hatte erkennen können und der unter den schwarzen Handschuhen seines Kostüms auch keine Fingerabdrücke hinterlassen hatte, war geflohen und blieb fortan unsichtbar. Alle Nachforschungen liefen ins Leere. Einziger Anhaltspunkt für die Polizei blieb der Umstand, dass der Täter, abgesehen von seinem Schauspieltalent, einen tödlichen Hass auf den als Ersatz für den erkrankten Valentin eingesprungenen Richard L. gehabt haben musste. Nur dieser hätte Angaben zu der Ursache dieses Hasses machen können, doch Richard L. war tot. Er war auch am Ort unbekannt und Nachforschungen ergaben, dass er unverheiratet und ohne direkte Verwandtschaft allein in einer kleinen Wohnung in der Großstadt München gelebt hatte. Nach einem Jahr wurden die Ermittlungen vorläufig eingestellt.

Im vertraulichen Kollegenkreis konnte der leitende Kriminalkommissar trotz der ihm zugefügten Schlappe eine gewisse Bewunderung für den unbekannten Täter nicht immer verbergen. »Dieser Mann war kein gewöhnlicher Mörder«, sagte er zuweilen. »Er war aus objektiv neutraler Sicht ein Künstler. Es genügte ihm nicht, einen Feind oder Widersacher auf herkömmliche und sehr viel leichtere Art aus dem Weg zu räumen, sondern es gelang ihm vor den Augen von hunderten von Zuschauern und

Zeugen das Drama des Faust mit einem eigenen, von ihm selbst und allein inszenierten zweiten und echten Drama zu übertreffen. Eine einzigartige und erfolgreiche Inszenierung, wie man leider zugeben muss. Vielleicht eine Gastrolle des Teufels …, des echten vermutlich …«.

Nach der abgebrochenen Premiere waren zwei weiter Vorstellungen mit Rücksicht auf das Vorgefallene abgesagt worden. Es hatte für überregionale Schlagzeilen gesorgt, und sogar der große Gründgens hatte aus Hamburg ein Beileidstelegramm an die Direktion geschickt. So erlangte das kleine Provinztheater einen unverhofften Bekanntheitsgrad, der lange Zeit für ausverkaufte Vorstellungen sorgte. Später wurde auch das Drama des Faust wieder aufgenommen. Doch die Premiere jener so kriminell veränderten Inszenierung sollte im Städtchen N. für alle Zeiten als Rätsel und unvergessenes Theaterereignis bestehen bleiben.

Ein Zeichen des Himmels

»Opa, erzähl' doch mal wie du Omi kennen gelernt hast, damals, als ihr noch ganz klein wart!« Die fünfjährige Julia blickte von ihren Spielsachen auf, an denen sie offensichtlich die Lust verloren hatte und blickte erwartungsvoll zu ihrem geliebten Großvater herüber, der in seinem Schaukelstuhl saß und die Zeitung studierte. Seine Frau saß ihm gegenüber auf dem Sofa und war mit ihrem Strickzeug beschäftigt. Julias Eltern waren auf Shoppingtour in Hamburg unterwegs und hatten ihre Tochter wie üblich in solchen Fällen bei den Großeltern abgegeben.

Der so Angesprochene faltete umständlich die Zeitung zusammen und sah zu Gertrud, seiner Frau herüber. Beide lächelten unmerklich. »Das ist schon lange her«, begann er vorsichtig.

»Hast du's inzwischen vergessen?«, fragte Julia und sah ihn dabei mit großen Kulleraugen an, in denen sich der Beginn eines leisen Vorwurfs abzeichnete.

»Oh nein, ganz und gar nicht! Mir ist's als ob es gerade gestern gewesen wäre.«

»Dann erzähl' schon«, hakte Julia nach und ließ deutlich erkennen, dass sie von diesem Thema so schnell nicht ablassen würde.

»Nun ja, das war vor vielen vielen Jahren, als deine Eltern noch gar nicht lebten und Großmama noch ganz klein war«, begann er vorsichtig.

»Ganz klitzeklein, ein Baby?«, fragte Julia.

»Na, so klein nun auch wieder nicht. Sie war 16 Jahre alt und ich 17.« Er sah zu seiner Frau herüber, die vor sich hin lächelte und ruhig weiter strickte. »Wir kamen von einer Geburtstagsfeier«, fuhr der Erzähler fort, »und ich durfte Großmama nach Hause begleiten, weil es später Herbst war und schon früh dunkel wurde. Du musst wissen, dass ich schon damals in Großmama heimlich verliebt war und mich auf den Heimweg freute, weil wir dann ganz allein unter uns waren. Es war ein kalter Abend, und die Sterne funkelten vom klaren Nachthimmel.«

»Und da hast du ihr gesagt, dass du sie lieb hast?«, fragte Julia.

»Nein, so einfach war das nicht. Ich habe mich nicht getraut ihr das zu sagen.«

»Warum?«, fragte Julia. »Man sagt doch immer gleich wenn man jemanden lieb hat.«

»Ja, in deinem Alter schon. Da ist man ehrlich und nimmt kein Blatt vor den Mund. Aber später wird's immer schwieriger.«

»Warum?«, fragte Julia erneut und funkelte ihn mit großen schwarzen Augen an, in denen sich absolutes Unverständnis spiegelte.

»Das verstehst du noch nicht. Aber wenn du erst mal groß bist wirst du es selbst auch erfahren. Das verspreche ich dir.«

Julia schüttelte ungläubig den Kopf. »Ich sage immer gleich wenn ich jemanden lieb habe. Jetzt und immer.«

Der Großvater lächelte und schüttelte ebenfalls den Kopf. »Das sagst du jetzt, mit deinen fünf Jahren. Aber später dann nicht mehr so leicht.«

»Doch, doch, doch«, sagte Julia und stampfte energisch mit dem Fuß auf.

»Na gut, wie du meinst. Doch ich mit meinen 17 Jahren traute mich jedenfalls nicht und ging schweigend neben dem hübschen Mädchen einher, das später einmal deine liebe Omi werden sollte.«

»Aber irgendwann hast du's ihr dann doch noch gesagt, nicht wahr?«, erkundigte sich Julia unbeirrt.

»Oh ja! Sogar noch am selben Abend durch einen sonderbaren Zufall, der mir half.«

»Was für ein Zufall?«, fragte Julia ungeduldig und schaute zu ihrer Oma, die lächelnd auf ihr Strickzeug sah.

»Nun ja, ich bekam ein direktes Zeichen vom Himmel, was sehr selten ist. Und noch seltener, wenn es gerade in so einem Moment kommt, in dem man sich über sich selbst ärgert, weil man sich nicht traut und feige vorkommt.«

»Ein Zeichen vom Himmel?«, fragte Julia aufgeregt, »Wie sah das denn aus?«

»Wir waren gerade an der Gartentür vor dem Haus angekommen, in dem die Eltern von deiner lieben Oma wohnten. Weit im Osten, in der

Lausitz, wie diese Gegend heute noch so heißt. Ich hätte deine Oma beim Abschied so furchtbar gern in die Arme genommen und ihr einen Kuss gegeben. Aber ich war eben ein kleiner Feigling und wusste ja auch nicht, ob Oma das gewollt hätte.«

»Und wie ich es gewollt habe!«, mischte sich jetzt die Oma vom Sofa her in das Gespräch ein. »Denn ich war auch in deinen Opa verliebt und traute mich ebenfalls nicht ihm das zu sagen.«

»Also wart ihr beide Feiglinge«, stellte Julia sachlich fest. »Dabei ist Küssen doch so einfach. Ich gebe jedem einen Kuss, den ich mag.«

»Ja du …«, sagte die Oma lächelnd. »Du bist eben mutiger als wir damals.« Und ihr Mann ergänzte: »Bis jetzt jedenfalls noch …«

»Und wie sah dieses Zeichen vom Himmel nun aus?«, fragte Julia ungeduldig.

»Wir waren also schon kurz vor der Haustür«, fuhr Opa fort, »und ich war richtig unglücklich, dass ich mich nicht traute das zu sagen was ich eigentlich wollte. Wir gaben uns zum Abschied die Hände, und genau in diesem Augenblick rief deine Oma ganz laut: ›Guck mal da oben, eine Sternschnuppe!‹. Ich blickte auf und sah gerade noch ein kleines blitzendes Etwas, das im selben Augenblick auch schon wieder verschwand. ›Wer eine Sternschnuppe sieht, darf sich etwas wünschen, und das geht dann in Erfüllung‹, erklärte mir deine Oma und schaute mich dabei sehr lieb an. ›Alles was ich möchte?‹, fragte ich zurück. Und deine liebe Oma antwortete: ›Alles was du möchtest‹, und blickte mir dabei direkt in die Augen. Da nahm ich sie ganz fest in die Arme und gab ihr einen langen Kuss auf den Mund. Und deine Oma wehrte sich nicht, sondern legte mir im Gegenteil ihre Arme auch um meinen Hals.«

»Na endlich«, sagte Julia und wirkte sehr altklug. »Ich hätte das schon vorher getan.«

»Ja du …!«, sagten Oma und Opa wie aus einem Munde, und die Oma ergänzte: »Aber wir brauchten eben eine Sternschnuppe. Und das war kein Zufall, mein lieber Gerhard, sondern ein wirkliches Zeichen vom Himmel persönlich.« Sie wandte sich wieder an ihre Enkeltochter: »Meine Eltern sind ganz bald darauf woanders hingezogen. Doch ich blieb mit deinem

Opa seit jenem Abend immer in Verbindung. Wer weiß, liebe Julia, wenn damals diese Sternschnuppe nicht zu uns gekommen wäre, wärest du vielleicht noch im Himmel und gar nicht hier bei uns.«

Julia schüttelte verständnislos den Kopf. Diese Bemerkung war ihr zu hoch, doch sie fragte nicht weiter, weil sie in Gedanken noch bei der Sternschnuppe war. »Ich möchte auch mal eine Sternschnuppe sehen«, sagte sie leise vor sich hin.

Erster Fremder geht mit

Der heiße Sommer war unwiderruflich vorbei.

Sophie dachte mit einem wehmütigen Lächeln an die vergangenen Tage auf Öland vor der schwedischen Ostseeküste, während sie durch die verregneten Scheiben des Küchenfensters in das nasse Halbdunkel des frühen Abends blickte. Es war Mitte Oktober des Jahres 1995 und draußen bogen sich die schon fast blätterlosen Alleebäume in einem von Regenschauern durchsetzten Herbststurm. Hin und wieder klapperte etwas am Fenster. Vermutlich das lose Reststück eines Antennenkabels, das die Handwerker bei der Reparatur im vorigen Monat vergessen hatten.

Sie beschloss, ihre Freundin Ingrid anzurufen, um ihre trüben Gedanken zu verscheuchen. Ingrid war Redakteurin beim NDR-Hörfunk und hatte eigentlich immer eine witzige Story auf Lager. Außerdem konnte sie mal wegen ihrer gemeinsamen Doppelkopfrunde anfragen, die sich im Winterhalbjahr von Zeit zu Zeit zu einem gemütlichen Spiel- und Klönabend zusammenfand. Sie ging ins Wohnzimmer, wählte Ingrids Nummer und hatte Glück.

»Hier Wachsmann« meldete sich die vertraute Stimme.

»Hallo Ingrid! Gut, dass ich dich erreiche. Mir fiel gerade ein wenig die Decke auf den Kopf, und ich könnte etwas Aufmunterung vertragen. Wie war's auf Naxos?« Ingrid war Griechenlandfan und hatte ihren Urlaub im Spätsommer auf Naxos verbracht. Sie geriet augenblicklich ins Schwärmen.

»Phantastisch, sage ich dir, einfach phantastisch! Ich wohnte in einem etwas abseits gelegenen Hotel an einer bildschönen kleinen Badebucht der sandigen Westküste und habe mich ausgezeichnet erholt.«

»Mit Peter?« Peter war seit gut einem Jahr Ingrids ständiger Begleiter und spielte auch bei ihrer Doppelkopfrunde mit.

»Ja, mit Peter. Zu zweit ist's doch schöner, und es war ja auch unser erster gemeinsamer Urlaub.«

›Beneidenswert‹ … hätte Sophie um ein Haar geantwortet, doch sie schluckte es runter und erzählte schnell von ihrem Singleurlaub auf Öland. »...und was gibt's Neues bei euch im Studio?« schloss sie nach kurzer Pause ihren Bericht.

»Tja, stell' dir vor: Gleich in der ersten Woche etwas unheimlich Witziges. Und zwar im wahrsten Sinne des Wortes: witzig und auch etwas unheimlich. Wir hatten eine Wahrsagerin im Studio, und ich musste sie interviewen ... Glaubst du eigentlich an Wahrsager?«

Sophie zögerte mit einem glatten Nein zu antworten. Dazu las sie doch zu häufig Horoskope in den Zeitungen und interessierte sich auch für geheimnisvolle Berichte über Okkultismus. »Na, ich weiß nicht so recht ...«, antwortete sie diplomatisch.

»Also, ich hab' eigentlich nicht dran geglaubt«, fuhr Ingrid munter fort. »Doch dann kam alles ganz anders als ich dachte ...«

»Inwiefern?« fragte Sophie mit verhaltener Spannung.

»Es fing damit an, dass ich mir die Frau ganz anders vorgestellt hatte. So in Richtung altes Weib mit Raben auf der Schulter und Kristallkugel in der Hand.«

»Und?« Sophies Interesse wuchs.

»Es kam eine unscheinbare, sympathisch wirkende Frau mittleren Alters, ganz normal, so wie du und ich.«

»Ach ..., und wie lief dann das Interview?«

»Ganz normal und ebenfalls eher schlicht. Die Frau machte einen fast schüchternen Eindruck, war aber um keine Antwort verlegen. Ob man's glaubt ist freilich eine andere Sache. Doch dann hat sie mir auf eine zugegebenermaßen recht skeptische Frage sogar aus meiner eigenen Hand geweissagt.«

»Ist ja toll! Und was hat sie aus deiner Hand gelesen?«

»Zuerst sagte sie, dass ich wahrscheinlich geschieden sei, aber seit einiger Zeit wieder eine feste Bindung zu einem Mann habe.«

»Stimmt genau!«

»Eben. Doch das Tollste kommt noch. Sie hat mir etwas prophezeit, das inzwischen bereits in Erfüllung gegangen ist!«

»Sag' bloß ...Was ist es denn?« Sophie war jetzt ehrlich gespannt.

»Sie sagte, dass mir in Kürze eine Verbesserung meiner finanziellen

Verhältnisse bevorstehe. Und tatsächlich: Acht Tage später finde ich in meiner Gehaltsabrechnung, die, wie du weißt, aus Datenschutzgründen top secret behandelt wird, eine Gehaltserhöhung vor.«

»Donnerwetter!«

»Ja, und damit hatte ich bei den heute aktuellen Sparmaßnahmen in keiner Weise gerechnet. Toll, was? Inzwischen hat sich übrigens nach zahlreichen Höreranfragen auch das Fernsehen für diese Frau interessiert. Wenn du noch eine einigermaßen preisgünstige Prophezeiung von ihr haben möchtest, musst du dich beeilen.«

»Könntest du mir denn ihre Adresse besorgen?«

»Na klar. Wir dürfen ja keine Werbung machen. Und Frau K. möchte auch nicht, dass ihr voller Name genannt wird. Aber für dich hol ich mir die Adresse.«

»Danke. Das wäre wirklich interessant. Allerdings weiß ich noch nicht, ob ich dann auch wirklich hingehe. Aber vielleicht …« Sophie zögerte und wechselte das Thema. »Übrigens, was mir gerade einfällt: Wie steht's mit unserer Doppelkopfrunde? Spielen wir mal wieder?«

»Ja sicher. Habe auch schon daran gedacht. Hättest du so etwa Mitte November am Sonnabend Zeit? Wir können diesmal bei mir spielen.«

»Gerne, das passt mir gut. Ich habe mir seit meinem Urlaub bisher noch kaum wieder etwas vorgenommen. Hast du schon mit Peter und Mathias gesprochen?« Mathias war ein Kollege von Ingrid, der sich auf Nachfrage seinerzeit erboten hatte, als vierter Mitspieler in der Runde mitzumachen.

»Ja, mit Mathias habe ich neulich gesprochen. Das geht in Ordnung, und man kann sich bei seinen Zusagen ja auf ihn verlassen. Und Peter müsste sich schon etwas Besonderes einfallen lassen, wenn er mir diesen Wunsch abschlagen wollte.«

»Gut, ich habe eben auf meinem Wandkalender nachgesehen. Du sagst Mitte November an einem Sonnabend …, das wäre der 11.11. Ich notiere mir das schon mal.«

Sie unterhielten sich noch eine Weile und dann verabschiedete sich Sophie. »Ach ja, und vergiss nicht die Adresse …« erinnerte sie noch bevor sie den Hörer auflegte.

Sophie Seibolt war Grundschullehrerin in Hamburg und hatte in der jetzt nach den Ferien beginnenden Woche besonders viel zu tun. Daher hatte sie am Dienstag ihr Gespräch mit Ingrid schon fast wieder vergessen als sie am Nachmittag nach der Schule wie gewohnt ihren Briefkasten im Treppenhaus öffnete. Er enthielt nur einen einzigen Brief, und der war von Ingrid. Ach ja …, das Gespräch vom Sonntag fiel ihr wieder ein. Sie eilte nach oben und öffnete den Brief noch im Hausflur. Er enthielt eine vorgedruckte Kurzmitteilung mit der Adresse und Telefonnummer einer gewissen Rita K. ›Viel Glück!‹ hatte Ingrid dazu an den Rand geschrieben.

Nachdenklich ging Sophie in die Küche und setzte die Kaffeemaschine in Gang. Sollte sie es tatsächlich mal mit dieser Wahrsagerin versuchen? Natürlich nur spaßeshalber. Aber was wäre, wenn sie eine schlimme Nachricht erhielte? Davon würde sie sich mit Sicherheit beeinflussen lassen und der Spaß wäre schlagartig vorbei … Andererseits wäre es sicher ungefährlich, wenn sie mal einen unverbindlichen Anruf riskieren würde. Nur um einmal die Stimme dieser Frau K. zu hören. Sie kämpfte mit sich und beschloss zunächst einmal zu arbeiten und die Vorbereitungen für den nächsten Tag fertig zu stellen. Doch es gelang ihr nicht sich zu konzentrieren, und nach mehreren Anläufen sprang sie schließlich entnervt auf, ging in die Küche und griff nach Ingrids Kurzmitteilung, die noch auf dem Küchentisch lag. Nachdenklich betrachtete sie die Nummer, fasste dann einen Entschluss und ging zum Telefon. Sie wählte, ließ es sechsmal lange klingeln und wollte fast erleichtert schon wieder auflegen als auf der anderen Seite der Hörer abgenommen wurde.

»Ja bitte …?«, meldete sich eine helle freundlich klingende Frauenstimme.

»Guten Abend, hier Seibold«, begann Sophie fast mechanisch. »Spreche ich mit Frau Rita K.?« Ihr Herz klopfte.

»Jawohl, am Apparat.«

»Ich …ich …wollte nur mal anfragen, ob …« Sie suchte nach einer möglichst harmlosen Formulierung.

»Wünschen Sie vielleicht eine persönliche Beratung?« Die Stimme am Telefon klang angenehm weich und schlicht. »…Dann können Sie einen

Termin gleich jetzt mit mir absprechen. Das Honorar beträgt 100 DM. Falls ich Ihnen nichts voraus sage, entfällt das Honorar.«

»Wieso …, falls Sie mir nichts voraussagen …? Klappt es manchmal nicht mit dem Wahrsagen?«

»Oh doch.« Die Stimme blieb gleichmäßig freundlich. »Doch manchmal sehe ich schlimme Dinge, Unglücksfälle oder Ähnliches voraus. Und wenn sie nicht verhindert werden können, pflege ich meinen Kunden auch keine Mitteilung davon zu machen.«

»Ach so …« Sophies Stimme klang erleichtert. Ihre Befürchtung, vielleicht eine schlimme Nachricht zu erhalten, war damit vom Tisch. »Doch dann ist es ja ein schlechtes Zeichen wenn sie mal keine Bezahlung haben wollen …«

»Ja, das ist ein Nachteil, den ich kaum vermeiden kann. Doch ich bleibe in solchen Fällen hart und versuche die Sache herunter zu spielen. Notfalls sage ich, dass ich nichts gesehen habe. Eine wohl verzeihliche Notlüge zum Schutz der Psyche des Kunden. Aber jetzt habe ich Ihnen schon fast zu viel verraten … Möchten Sie es mal versuchen? In dieser Woche bin ich ausgebucht, doch ab Mitte nächster Woche könnten wir uns verabreden.«

Sophie war beeindruckt. Und die Stimme klang so offen und freundlich, dass sie ihren inneren Widerstand aufgab. »Gut«, sagte sie, »schlagen Sie einen Termin vor.«

»Wie wäre es mit Donnerstag nächster Woche um 19 Uhr? Das wäre der 26. Oktober … Sie müssen mir dann noch Ihren vollen Namen und Telefonnummer geben. Ich rufe vorher noch einmal zurück.«

Sophie nickte. »Ja, am Donnerstag passt es mir gut. Versuchen wir es einmal. Ich muss gestehen, dass ich neugierig bin.« Sie diktierte Namen und Telefonnummer und nach einer kurzen Verabschiedung war das Gespräch beendet. Nachdenklich schaute sie noch eine Weile auf das Telefon und fast gegen ihren Willen überkam sie ein unbestimmtes Gefühl der Erleichterung. Sie ging in die Küche, um sich einen Becher Kaffee einzuschenken.

Die Tage vergingen wie im Fluge. Am Sonntagmorgen rief Ingrid an und berichtete, dass der Doppelkopftermin am 11.11. stehe. Auch Peter hatte inzwischen zugesagt. »…und, wie war es mit Frau K.?«, fragte sie abschließend. »Du weißt schon, diese Rita … Hast du es versucht?«

Sophie hatte diese Frage erwartet und berichtete ihr von ihrem Telefonat und der Verabredung am kommenden Donnerstag.

»Toll, toll …! Da bin ich aber gespannt. Du musst mir anschließend unbedingt berichten!« Ingrid war begeistert, und Sophie fühlte sich in ihrem Entschluss gestärkt. »Also dann, bis später …« Sophie legte auf und ließ ihre Gedanken spazieren gehen …

Am Mittwochabend kam der versprochene Anruf von Frau K., die sich erkundigte, ob der Termin morgen in Ordnung gehe. Außerdem fragte sie nach Sternzeichen und Geburtsdatum. Sie plauderten eine Weile bis sich Frau K. höflich verabschiedete. Nicht unsympathisch, dachte Sophie …

Am Donnerstagabend war es dann soweit. Sophie war aufgeregt und spendierte sich zur Hinfahrt ein Taxi. Zurück wollte sie gemächlich mit dem Bus fahren. Es stellte sich heraus, dass sie die benannte Straße im Stadtteil St. Georg vom Vorbeifahren her sogar kannte. Sie ließ das Taxi einige Häuser vor der gesuchten Hausnummer halten, zupfte ihren mit Webpelz gefütterten blauen Parka zurecht und ging suchend weiter. Die Nummer 12 stellte sich als ein von den Bomben des Krieges verschont gebliebener Altbau aus der Jahrhundertwende mit jugendstilartigen Verzierungen an der Frontseite heraus. Hinter einem schmalen Vorgarten führten drei Stufen zu der altmodischen Haustür empor. Sie klingelte an dem Namensschild, auf dem seltsamerweise auch da nicht der volle Name, sondern nur ›Rita K.‹ eingraviert war, und betrat, nachdem ein Summer ihr die Tür geöffnet hatte, einen weißbunt gekachelten Hausflur, in dem links und rechts große geschliffene Spiegel zwischen den Kacheln eingelassen waren. Nervös zupfte sie nochmals an ihrer Kleidung und betrat dann langsam die dunkle Treppe, die sich um einen schmiedeeisernen Fahrstuhlschacht im Hintergrund empor wand. Bereits im ersten Stock war die Flurtür einen Spalt geöffnet und bevor sie das Türschild im Halbdunkel erkennen konnte, öffnete sich die Tür auch schon ganz und eine freundlich blickende Frau mit dunkelblonden kurz gewellten Haaren trat ihr entgegen.

»Sie sind Sophie Seibold?«, fragte die Frau, und als Sophie bestätigend nickte und einen Kloß im Hals herunterzuschlucken versuchte, fügte sie freundlich und fast mütterlich hinzu: »Haben Sie keine Angst. Ich bin Rita K., aber sagen Sie einfach Rita zu mir.«

Sophie nickte. »Gut, vielen Dank, Rita. Ich muss mich erst ein bisschen an die Situation gewöhnen und habe, wie ich gestehen muss, doch etwas Herzklopfen.«

»Durchaus verständlich.« Rita lächelte. »Doch seien Sie unbesorgt und legen Sie erst einmal den Mantel ab.«

Sophie tat wie ihr geheißen und hängte ihren Parka über einen freien Garderobenbügel. Sie hatte eine unauffällige graue Bluse und dunkelblaue Jeans für ihren Besuch gewählt. Frau K. betrachtete sie prüfend und bat sie dann, ihr in das Arbeitszimmer zu folgen. Sie betraten ein länglich rechteckiges Zimmer, das links von einer weiteren Tür und rechts von einem hohen Fenster begrenzt wurde. Auf dem Fensterbrett stand eine Ansammlung von Kakteen und darüber hing in halber Höhe eine zugezogene schlicht weiße Untergardine. Schräg vor dem Fenster stand ein gut aufgeräumter Büroschreibtisch aus hellem Holz mit einem modernen Drehstuhl davor.

Sophie hatte eine altertümliche, plüschüberladene Wohnlandschaft erwartet und war über die sachlich moderne Einrichtung erstaunt. Ihr gegenüber befand sich eine weiße Regalwand mit Büchern, Zeitschriftenstapeln und Aktenordnern. Sogar ein PC mit modernem Flachbildschirm stand auf einem kleinen, zum Schreibtisch passenden Extratisch in der Zimmerecke links neben dem Fenster. Darüber hing das berühmte Bild von Salvador Dali, das wachsförmig von einem Tisch herab fließende Uhren zeigt, und auch Sophie bekannt war. In der Mitte des Zimmers stand auf dem hellblauen Auslegeteppich ein zur Farbe des Schreibtisches passender ovaler Konferenztisch, um den vier hochlehnige Stühle mit gepolsterten Sitzflächen gruppiert waren.

Rita machte eine einladende Handbewegung zu den Stühlen hin. »Bitte, suchen Sie sich einen Platz aus.«

Sophie rückte den nächststehenden Stuhl, der mit der Lehne zur Eingangstür vor ihr stand, etwas vom Tisch ab und setzte sich. Frau K. zog sich links von ihr einen zweiten Stuhl heran. »Ich werde jetzt versuchen, bevorstehende Ereignisse aus ihren Handlinien zu deuten«, sagte sie in ihrem sanften Plauderton, nachdem sie sich ebenfalls gesetzt hatte. »Wir haben ja schon darüber gesprochen. Sie brauchen keine Angst zu haben. Legen Sie einfach Ihre beiden Hände mit den Handflächen nach oben hier flach auf den Tisch.«

Gehorsam kam sie dieser Aufforderung nach. Frau K. warf einen kurzen Blick auf die ausgebreiteten Hände und zog eine hinter ihr stehende Stehlampe mit einem schwenkbaren Halogenstrahler heran, so dass Sophies Hände jetzt hell erleuchtet waren. Prüfend beugte sie sich über die Handflächen. Es war ganz still im Raum. Ihr Herz klopfte und im Hintergrund tickte dazu in langsameren Takt eine unsichtbare Uhr.

Plötzlich hob Frau K. unvermittelt den Kopf. »Haben Sie beruflich oder privat etwas mit Spielkarten zu tun?«, fragte sie mit forschendem Blick.

Sophie musste über diese unerwartete Frage lächeln, doch war sie gleichzeitig erleichtert. »Nein, nicht im Geringsten. Ich bin allein stehende Lehrerin und war auch privat noch nie in einem Spielkasino.«

»Trotzdem …«. Frau K. blieb hartnäckig. »Ich sehe in Ihren Händen einen Zusammenhang mit Spielkarten, die Ihnen in Kürze etwas sagen werden.« Sie fühlte den verdutzten Blick und fügte erklärend hinzu: »Ich meine natürlich nicht, dass die Karten reden werden. Aber sie werden Ihnen ein Zeichen geben.«

»Ein gutes oder ein schlechtes Zeichen?«, fragte Sophie ungläubig. »… Muss ich mich vor etwas fürchten?«

»Oh nein, Sie werden ein gutes und ganz deutliches Zeichen erhalten. Ganz konkret gesprochen: Die Karten werden Sie auf einen Mann hinweisen, der große Sympathie für Sie hat und ein neuer Lebenspartner für Sie werden wird, wenn …, ja wenn Sie die Gelegenheit am Schopf packen.«

»Was sagen Sie da …?« Sophie war verlegen und verwirrt. Und plötzlich fiel ihr siedend heiß ihre Doppelkopfrunde in der übernächsten Woche bei Ingrid ein.

»Warten Sie mal … Ich muss überlegen …« Sie war sich ganz sicher, dass sie Frau K. nichts von dieser Runde erzählt hatte. Hatte etwa Ingrid …?

»Können Sie einen näheren Zusammenhang zwischen den Karten und mir sehen? Können Sie mir zum Beispiel sagen, um was für ein Kartenspiel es sich handeln könnte?«

»Nein, das kann ich nicht.« Frau K. schüttelte lächelnd den Kopf. »Ich sehe nur einen neuen Mann in Ihrem Leben und die Verbindung zu irgendwelchen Spielkarten, die Ihnen ein deutliches Zeichen geben werden. Vielleicht ein ungewöhnlicher Herz-Bube? Wer weiß. Ich kenne das Spiel nicht.«

Sophie zögerte. Dann sagte sie langsam: »Sie haben tatsächlich recht mit den Karten. In etwa 14 Tagen werde ich nach mehrmonatiger Pause wieder einmal bei unserer alten Doppelkopfrunde mitspielen, die eine Freundin von mir jetzt wieder einberufen hat. Doch wir kennen uns seit Jahren. Da ist meine Freundin, da bin ich, und da sind zwei alte Bekannte, von denen der eine glücklich verheiratet ist und der andere mit meiner Freundin liiert ist. Niemals würde ich mit diesen beiden Männern etwas anfangen, ganz abgesehen davon, dass ich beide gut kenne und in keinen von ihn verliebt bin.«

»Es gibt ja noch mehr Männer auf dieser Welt. Zum Glück …« Frau K. lächelte ihr freundlich zu. »Es wird sich vermutlich um einen anderen, um einen dritten Mann handeln.«

»Um einen dritten Mann? Nun machen Sie aber einen Punkt!« Sophie geriet in Erregung. »Man kann Doppelkopf nur zu viert spielen und dieser ›dritte Mann‹ wäre gewissermaßen das fünfte Rad am Wagen. Nein, wir sind nur zu viert und dabei bleibt es auch.«

Frau K. zuckte die Achseln. »Ich sage Ihnen nur, was ich hier sehe. Warten Sie es doch ab. Freuen Sie sich denn nicht über eine gute Nachricht?«

»Doch … Ich zweifle ja nur, ob sie auch eintrifft …« Sophie blickte jetzt ein wenig schuldbewusst und fragte schnell: »Sehen Sie sonst noch etwas? Gibt es auch schlechte Ereignisse?«

Wieder beugte sich Frau K. schweigend über Sophies Handflächen und fuhr gedankenverloren mit dem Finger einer imaginären Linie nach. »Das genannte Ereignis ist sehr dominierend«, sagte sie schließlich. »Unglückliche Ereignisse sehe ich nicht. Sie sollten sich eigentlich freuen … Ich sehe nur noch, dass Sie im kommenden Jahr wahrscheinlich eine Reise antreten werden, die weit über ein Wasser führt.«

»Mit diesem Mann zusammen?«

»Ja.« Frau K. hob den Kopf und schaute Sophie fest in die Augen bis diese ihrem Blick auswich. Sie lehnte sich zurück. »Soll ich Ihnen Bescheid geben, falls … falls Sie Recht behalten sollten?«

»Ich bitte darum. Und noch ein Letztes: Sobald Sie das Zeichen der Karten erhalten, handeln Sie danach und seien Sie mutig. Nehmen Sie Ihr Schicksal in beide Hände!«

Sophie erhob sich zögernd. »Gut«, sagte sie. »Ich werde daran denken. Und ich werde Sie in jedem Fall benachrichtigen.«

Auch Frau K. hatte sich erhoben und begleitete Sophie zur Tür. »Wissen Sie, es ist nicht ganz einfach, so eine …« Sie zögerte und blickte Sophie in die Augen. »…Na ja, Sie wissen schon, was ich meine …, so eine sonderbare Begabung des Vorhersehens zu haben.« Sie zuckte bedauernd die Achseln und ihr Gesicht sah plötzlich müde und bekümmert aus. »Es wird einem so oft nicht geglaubt. Und ich selber fühle mich beim Vorhersehen auch keineswegs glücklich, schon weil ich mich vor schlechten Nachrichten fürchte, die ich ja nicht abwenden kann und auch nicht vorhersagen möchte … Sehen Sie …, es ist manchmal so als würde man die letzten Seiten eines gerade erst angefangenen Kriminalromans im voraus lesen und hätte dann an den übrigen Seiten kaum noch Interesse … Und das gilt umso mehr, wenn ich diese Seiten einem fremden Leser verrate.«

»Ja, ich verstehe … Aber Sie tragen keine Schuld, wenn dieser Leser Sie ausdrücklich um diesen Verrat gebeten hat.« Sophies Stimme klang schuldbewusst. »Vielleicht war ich eben zu ungläubig. Entschuldigen Sie bitte. Ich wollte Sie nicht kränken.« Sie ging zu ihrem Mantel und zog einen Briefumschlag aus einer Manteltasche. »Hier bitte, Ihr Honorar. Und seien Sie mir bitte nicht böse. Ich war so überrascht, und das mit den Karten klang so seltsam … Aber ich werde Sie in jedem Fall anrufen.« Sie lächelte Frau K. zu und schlüpfte in ihren Parka.

»Auf Wiedersehen, Rita.«

»Auf Wiedersehen, Sophie.«

Und während sie die Treppe herab stieg, dachte sie wieder: Nicht unsympathisch, diese Frau K., wirklich nicht unsympathisch … Und merkwürdig …, wie eine alte Bekannte …

Der 11. November und mit ihm der Doppelkopfabend waren heran gerückt. Sophie hatte trotz intensiven Befragens durch Ingrid keine Silbe über Ritas Vorhersage verlauten lassen. »Später …«, sagte sie. »Ich verspreche dir: ganz bald …, aber jetzt bitte noch nicht …« Außerdem hatte sie Ingrid unauffällig ausgefragt, ob diese nach dem Interview noch einmal mit Frau K. gesprochen hatte. Doch das war nicht der Fall. Ingrid kannte die geheimnisvolle Frau nur von dem Interview, und dort war von irgendwelchen Spielkarten nie die Rede gewesen.

Als Sophie am Samstagabend um 19 Uhr bei Ingrid klingelte, öffnete ihre Freundin mit geheimnisvoller Miene und legte einen Finger an die Lippen. »Psst …«, flüsterte sie. »Ich habe eine Überraschung für dich …«

»Ich weiß«, sagte Sophie trocken. »Wir haben einen dritten Mann zum Doppelkopf.«

Ingrid verschlug es fast die Sprache. »Wie kommst du denn darauf? Was redest du für einen Unsinn! Nein …, ganz im Gegenteil: Beide Männer mussten absagen. Stell' dir vor!«

»Und nun spielen wir zu zweit?« Sophie war heute anscheinend durch nichts aus der Ruhe zu bringen.

Ingrid schaute sie besorgt an und schüttelte den Kopf. »Redest du im Fieber, meine Liebe? Nein, um ein Haar hätte ich dich angerufen und den Abend abgesagt. Ich hatte schon die Hand zum Apparat ausgestreckt …«

»Aber dann …« Sophie sprach mir einer aufreizenden Gelassenheit und fast wie im Schlaf.

»Ja tatsächlich …, aber dann … Aber dann klingelte das Telefon und Peter, der seit gestern mit einer schweren Grippe und Fieber im Bett liegt, rief mich an und sagte, dass es ihm gelungen sei, einen Freund als Ersatzspieler zu mobilisieren. Und der ist tatsächlich auch schon gekommen und sitzt nebenan im Wohnzimmer.«

»Dann wären wir drei«, fuhr Sophie ungerührt fort. »Doch wer oder was ist der oder die Vierte?«

Ingrid blickte ihre Freundin erstaunt an. »Na sag' mal, du bist ja ganz schön cool heute Abend. So kenne ich dich ja gar nicht. Was ist bloß in dich gefahren?«

»Tja, du hast Pech heute. Ich bin vorgewarnt.« Sophie schaute ihre Freundin an wie das Orakel von Delphi. »Also …, was ist mit dem Vierten?«

»Vorgewarnt …?« Ingrid stand da wie ein lebendes Fragezeichen. »Haben etwa Peter oder Klaus dich angerufen?«

»Nein«, sagte Sophie knapp.

»Woher zum Kuckuck … Na ja, wie dem auch sei. Das Telefon klingelte kurz darauf noch einmal, und Klaus, der plötzlich für einen verletzten Korrespondenten in Kroatien einspringen musste, teilte mir in seiner präzisen Art mit, dass er einen Kollegen und begeisterten Doppelkopfspieler als Ersatzmann für den heutigen Abend verpflichten konnte.« Ingrid schaute noch einmal prüfend auf Sophie und schüttelte den Kopf. »Auch er sitzt jetzt nebenan im Wohnzimmer. Doch dich scheint ja heute gar nichts mehr in Erstaunen zu setzen.«

Sophie gab sich einen Ruck und lächelte etwas gezwungen. Sie hatte inzwischen so oft an die Vorhersage von Frau K. denken müssen, dass sie in der Tat auf irgendeine Überraschung vorbereitet gewesen war. Sie wusste nur noch nicht auf welche. »Na, dann haben wir ja noch mal Glück gehabt mit unserem Abend«, sagte sie etwas gespreizt. »Dann lass' uns mal reingehen und die Herren begutachten …« Sie streckte die Hand nach der Klinke aus, doch Ingrid wehrte ab.

»Einen Moment noch. Etwas muss ich dir vorher noch sagen. Ich habe dir zu Ehren und ganz privat zwischen uns ein kleines Gesellschaftsspiel arrangiert. Also pass' auf: Beide Männer sehen, wie ich finde, recht sympathisch aus, sind etwa in unserem Alter und sind auch, wie ich schon feststellen konnte, recht charmant.« Sie lächelte und dämpfte ihre Stimme. »Sie unterscheiden sich aber in einem wichtigen Punkt: Der eine ist verheiratet und treu sorgender Familienvater und der andere ist, jedenfalls nach der mir gemachten Beschreibung, als Juniorchef einer gut gehenden Werbeagentur ein überaus begehrter Junggeselle. Sie heißen David und Wolfgang ...«

Sophie blickte gespannt, und Ingrid nickte befriedigt über ihren Erfolg. »Doch wer wer ist, werde ich dir nicht verraten und habe die beiden auch gebeten, nichts über ihre Person verlauten zu lassen. Auch dir ist streng verboten, diesbezügliche Fragen zu stellen. Und da du heute so überaus cool bist, würde ich mich ehrlich gesagt schlapp lachen, wenn du die ganze Zeit mit dem falschen Mann flirtest.«

»Oh wie boshaft!« Sophie musste nun doch lachen. »Aber sei unbesorgt. Ich werde den richtigen auf Anhieb herausfinden. Und falls er mir sympathisch ist, werde ich als Zeichen speziell für dich vor deinen Augen eine Verabredung mit ihm treffen.«

»Donnerwetter! Du bist dir ja deiner Sache sehr sicher. Und wer wird dir den richtigen nennen? Vielleicht die Stimme deines Herzens?«

Sophie nickte ohne den ironischen Unterton zu beachten. »Ja«, sagte sie ernst. »Die Stimme meines Herzens ... und ...«

»...und ...?«, fragte Ingrid herausfordernd.

»...und die Spielkarten«, vollendete Sophie gelassen ihren Satz.

»Die Spielkarten ...?« Ingrids Stimme klang jetzt ehrlich besorgt. »Ich glaube fast, dich hat auch die Grippe erwischt und du redest im Fieber ...«

»Oh nein, du wirst schon sehen ... Aber nun lass' uns hineingehen und die Herren nicht länger warten.«

Sie traten ein und Sophie sah, dass Ingrid nicht übertrieben hatte. Beide Männer, die in ein Gespräch vertieft bei einem Glas Sherry am Couchtisch saßen, erhoben sich und begrüßten Sophie mit einer höflichen Verbeugung.

Ingrid räusperte sich. »Darf ich vorstellen: Das ist Wolfgang, das ist David und hier meine Freundin Sophie. Sagt bitte ›Du‹ heute Abend, wir wollen ganz ungezwungen sein. Und nochmals vielen Dank, dass ihr für unsere verhinderten Doppelkopfpartner so kurzfristig eingesprungen seid.«

»Und das mit Vergnügen«, sagte Wolfgang. »Ich habe schon immer gerne Skat und Doppelkopf gespielt und freue mich, dass sich jetzt endlich nach längerer Zeit wieder eine so schöne Gelegenheit bietet.« Er verbeugte sich lächelnd gegenüber den beiden Damen.

»Genau so ist es«, bekräftigte David mit einem leichten Kopfnicken zu Sophie. »Und genau so wie ein Mixed beim Tennis macht auch Doppelkopf als Mixed am meisten Spaß. Spielen Sie zufällig auch Tennis?«

»Du …«, verbesserte Ingrid, und Sophie schüttelte den Kopf. »Nur Badminton habe ich schon gespielt, und das hat mir auch immer Spaß gemacht. Aber Tennis …nein.«

Tatsächlich, Ingrid hatte recht … Beide Männer wirkten ausgesprochen sympathisch. David vielleicht etwas mehr als Wolfgang. Aber das konnte sich noch ändern.

Ingrid schenkte vom Sherry nach und verschwand nach kurzer Unterhaltung im Hintergrund ihres geräumigen Wohnzimmers, wo sie über einem quadratischen Esstisch eine niedrig hängende Pendelleuchte mit grünem Glasschirm einschaltete. »Lasst uns jetzt anfangen, damit es nicht allzu spät wird. Ihr könnt eure Gläser mit rüber nehmen.«

Sie rückte der näher tretenden Sophie einladend einen Stuhl zurecht und setzte sich ihr gegenüber an den Tisch. Die beiden Herren holten ihre Gläser und nahmen rechts und links von Sophie Platz. Das Kartenspiel lag schon auf der blank polierten dunklen Eichenholzplatte bereit.

Ingrid drückte David, der rechts von Sophie saß, das Spiel in die Hand. Dieser mischte fachgerecht und teilte, nachdem Ingrid abgehoben hatte, mit ruhiger Hand die Karten aus. Man nahm auf und sortierte.

Sophie beobachtete Wolfgang, der zu ihrer Linken die Karten in der Hand zurecht rückte und gedankenverloren an seinem Sherry nippte. Sie nahm die Karten erst in die Hand als das Häufchen komplett vor ihr lag.

Als sie dann endlich die Karten auffächerte bekam sie auf der Stelle Herzklopfen. Was für ein phantastisches Blatt! Beide Kreuz-Damen, eine Herz-Zehn, eine Menge andere Trümpfe, eine Farbe blank und drei Asse, eines davon unbesetzt. Nun galt es Ruhe zu bewahren und keinen Fehler zu machen. Sollte sie ein Damensolo oder ein verdecktes Solo spielen? Nein, das war zu riskant. Beide Pik-Damen fehlten.

Natürlich …, es ging gar nicht anders… Sie musste ansagen. Ihr Herzklopfen verstärkte sich. Rita fiel ihr ein. Die Karten redeten tatsächlich!

Sie schluckte trocken und ihre Stimme klang heiser, als sie mit leiser, dann aber fester werdender Stimme sagte: »Erster Fremder geht mit.«

»Beide Kreuz-Damen?«, fragte Ingrid. »Hat jemand ein Solo …? Nein …? Also ›Hochzeit‹ mit anderen Worten. Na, so ein Glück, und das gleich am Anfang! Drück' mir bitte die Daumen, dass ich den ersten Stich mache und mit dir gehen kann. Ich könnte es brauchen …«

Sophie lächelte schweigend und legte ihr unbesetztes Herz-Ass auf den Tisch.

»Ausgerechnet Herz«, stöhnte Ingrid.

Auch Wolfgang runzelte die Stirn und legte enttäuscht das zweite Herz-Ass auf das erste. »So ein Pech aber auch. Ich wäre gar zu gerne mitgegangen … Gemeinsam hätten wir es geschafft …«

Sophie schaute Ingrid an und sagte spitzbübisch lächelnd: »Ich wette, du kannst bedienen …«

»Allerdings …, leider, leider …« Ärgerlich warf sie einen Herz-König zum Haufen.

Alle Augenpaare richteten sich nun auf David, der die drei ersten Karten des Spiels interessiert verfolgt hatte. Er zupfte genießerisch eine Karte aus dem Kartenfächer seiner linken Hand und warf ein Karo-Ass auf den Haufen. Gestochen. Er also war der erste Fremde.

»Re«, sagte er trocken und blickte Sophie lächelnd an.

Sophie hatte plötzlich das Bedürfnis, das Schicksal herauszufordern und es ganz genau wissen zu wollen. »Keine Neunzig.«

Einen Augenblick herrschte Stille. Dann fragte Ingrid irritiert: »Wie bitte? Mein liebe Sophie, du legst ja ganz schön los heute Abend. Aber du bist auch ganz blass geworden. Würde ich übrigens auch bei solchen Ansagen … Wenn das man gut geht …«

Es ging gut, und Sophie und David gewannen das Spiel haushoch. David hatte die zweite Herz-Zehn und beide Pik-Damen in der Hand gehabt. Ingrid und Wolfgang erreichten noch nicht einmal sechzig.

Davids blaue Augen blitzten als er Sophie ansah. »Danke Partnerin. Ein phantastischer Anfang. Wenn das so weiter geht, möchte ich mir erlauben, Sie …«, er verbesserte sich: »…dich zu einer kleinen Siegesfeier an einem Ort deiner Wahl einzuladen.«

»David …«, grollte Ingrid ungehalten. »Was hatten wir verabredet?«

David schaute schuldbewusst drein, doch bevor er antworten konnte erwiderte Sophie in einem leichten und ganz selbstverständlichen Ton: »Abgemacht. Ich schlage das Elysée-Hotel beim Dammtorbahnhof vor. Dort kann man, glaube ich, sonnabends auch etwas tanzen. Und ich war da noch nie.«

Ingrid schnappte nach Luft. »Sophie …! So kenne ich dich ja gar nicht! Was sind das für lose Redensarten!« Doch David nickte nur lächelnd. »Ein ausgezeichneter Vorschlag. Wie wär's mit nächstem Samstag, 17 Uhr?«

Sophie nickte. »Gern, …aber nur unter einer Bedingung …«

»Ja …?«

»Dass uns das Glück heute treu bleibt und einer von uns beiden der Gesamtsieger des heutigen Abends wird.«

»Einverstanden … Wir wollten ja auch wie gesagt nur feiern, ›wenn das so weiter geht …‹ Na, dann wollen wir uns mal anstrengen!«

Es wurde ein fröhlicher Abend. Man hatte verabredet bis 23 Uhr zu spielen, und das Glück wanderte im Laufe des Abends noch oft hin und her. Dann war es so weit und Wolfgang, der angeschrieben hatte, zählte ein wenig neidisch die Punkte. »Erster Sieger David. Zweite Siegerin Sophie …«

…oder umgekehrt …, dachte Sophie und lächelte David wie einem geheimen Komplizen zu.

Es ist so ein Ding mit der Zeit. Mal fliegt sie dahin wenn sie stehen bleiben soll, mal schleicht sie dahin wenn sie fliegen soll. Sophie fühlte sich in einem Wechselbad der Gefühle, und die Wochentage zerrannen in quälender Langsamkeit. Ihre Gedanken eilten voraus zum Samstag und blieben dort wie an einer unsichtbaren Schranke hängen. Eine Schranke, die sich öffnen oder schließen konnte. Hatte sie sich etwa schon in David verliebt? Sie wusste es selbst nicht. Sollte sie Rita anrufen? Nein, besser noch nicht. Das konnte bis nächste Woche warten. In dieser Woche gab es nur den Samstag …

Und dann begann es endlich, das lange Wochenende. Am Samstagnachmittag fühlte sie sich wie ein junges Mädchen, das mit Herzklopfen zur ersten Tanzstunde geht. Sie überlegte, dass David eigentlich vorher noch einmal hätte anrufen können. Doch sie hatten keine Adressen oder Telefonnummern ausgetauscht. Man hatte sich an jenem Abend gegen Mitternacht verabschiedet, und Sophie hatte, wie sie es manchmal tat wenn es am Wochenende sehr spät wurde, bei ihrer Freundin übernachtet. Ihre Telefonnummer hätte David höchstens inzwischen von Ingrid erfragen können. Doch das wäre schon zu aufdringlich gewesen. Es gab eben nur diese eine Verabredung. Wie eine willkommene Spielkarte, die man hat oder die man nicht hat.

Sie stieg aus dem Taxi und betrat das Café des Hotels. Nachdem sie ihren Mantel an der Garderobe abgegeben hatte, durchschritt sie suchend den Raum und hielt nach David Ausschau. Sie trug ein fast schon ein wenig altmodisches, aber ehemals heiß geliebtes Cocktailkleid, das lange unbenutzt im Schrank gehangen hatte und das die in der Natur nun schon verblassenden Farben noch einmal aufleuchten ließ. Die anerkennenden Blicke, die sie damit auf sich zog, bemerkte sie nicht.

David saß an der Bar und winkte ihr schon von weitem zu. Er bestellte schnell noch zwei Gläser Champagner bevor er aufsprang und Sophie entgegen ging.

»Hallo Sophie!«

»Hallo David!«

Ein elektronisches Klavier, das Pause gemacht hatte, begann im Hintergrund zu spielen. David strahlte wie ein kleiner Junge und bot Sophie seinen Arm. Sie gingen zur Bar und David schob Sophie ein frisch gefülltes Glas Champagner zu. Er hob sein Glas. »Zum Wohl! Unsere kleine Siegesfeier kann beginnen!«

Sophie wusste plötzlich, dass es Davids jungenhaftes Lächeln, mehr noch, ein aufrichtiges und von keiner modischen Coolness übertünchtes Strahlen war, das sie so unheimlich sympathisch fand. Und sie wusste auch, dass sie sich an diesem Abend wohl unwiderruflich in seine strahlend blauen Augen verlieben würde. Sie tranken sich zu, und Sophie war so aufgeregt, dass sie beim zweiten Schluck das Glas in einem Zug leerte als ob es mit Mineralwasser gefüllt sei.

David lachte und bestellte ein neues Glas. »Tanzen wir?«

»Ja gern.«

Sophie rutschte vom Barhocker und ließ sich wie ein kleines Mädchen an der Hand zu der Tanzfläche im Hintergrund führen. Der Champagner war ihr bereits etwas zu Kopf gestiegen. Der Mann am Klavier begann einen Tango zu spielen … Ausgerechnet Tango …

Ihre Körper berührten sich und sie fühlte den sanften Druck von Davids Arm um ihre Taille. Auch das noch: ein verflixt guter Tänzer, dieser David … Sophie glaubte zu schweben und schloss in einem überwältigenden Glücksgefühl für einen kurzen Moment die Augen. Casablanca kam ihr in den Sinn …, Rita …, die Spielkarten …, David … War das alles Zufall? Es gibt doch tatsächlich Sachen zwischen Himmel und Erde …

Sie schlug die Augen auf und sah Davids Blick auf sich gerichtet. Fragend zog sie ihre Stirn in Falten. »Was meinst du David: Glaubst du, dass es ein vorherbestimmtes Schicksal gibt?«

David lächelte und zuckte die Achseln. »Hast du keine leichteren Fragen heute Abend? Bitte …, überfordere mich nicht. Ich bin so ganz mit dir beschäftigt. Und dann beugte er sich unvermutet nach vorn und verschloss ihren fragend geöffneten Mund mit einem Kuss.

Die Orgel

In seltenen Fällen lasse ich mich gewissermaßen dazu hinreißen, von einer Begebenheit zu berichten, die ich wirklich selbst und persönlich erlebt habe und für deren Wahrheitsgehalt ich mich daher verbürgen kann. Wie gesagt, in sehr seltenen Fällen. Wie den meisten Lesern bekannt sein wird, ist eine Erzählung in der Ich-Form kaum jemals als Indiz für eine solche Ausnahme zu werten, sondern nur ein seit jeher allgemein geübter stilistischer Brauch, der keine Rückschlüsse auf ein wirklich eigenes Erlebnis des Erzählers zulässt. Zu dieser Klarstellung sehe ich mich veranlasst, weil es sich bei dem nachfolgenden Bericht tatsächlich um eine dieser seltenen Ausnahmen handelt, also um ein Ereignis, das ich wirklich so wie geschildert selbst erlebt habe.

Damals vor vielen Jahren, in meiner Jugend- und Schülerzeit im Alter von etwa 14 Jahren, hatte ich noch Klavierunterricht und ein eigenes Klavier im Zimmer, auf dem ich mäßig übte und sehr viel lustvoller ohne Noten mit viel Fantasie improvisierte. Der Mann meiner Klavierlehrerin war Instrumentenbauer und im Unterrichtszimmer stand außer einem Klavier auch eine von ihm selbst gebaute Heimorgel, etwa in der Größe eines schlanken, etwas höher gebauten Kleiderschranks, schön gefertigt aus hellem Eichenholz. Öffnete man auf halber Höhe über der schwarzweißen Tastatur die Flügeltüren des Instruments, erschienen die großen und kleinen Orgelpfeifen aus Holz und Metall, hübsch anzusehen in Reih und Glied, wie es eben bei echten und von keinerlei Elektronik berührten Orgelpfeifen so sein muss. Hatte ich ordentlich geübt und meine Hausaufgaben gut gemacht, durfte ich mir zur Belohnung oft ein kleines Orgelstück, meistens von meinem Lieblingskomponisten Johann Sebastian Bach, wünschen, das mir meine Klavierlehrerin dann virtuos vorspielte. Selber habe ich die Tasten dieses Instruments nie berührt. Im Bewusstsein meiner schwachen Fähigkeiten wagte ich auch nicht direkt danach zu fragen, und so blieb es bei einem stummen Wunsch und einer kleinen unerfüllten Sehnsucht. Später zog meine Klavierlehrerin mit ihrem Mann an einen anderen Ort und mein Klavierspiel kam mangels weiteren Unterrichts und ständiger Übung zu einem langsamen und stetigem Ende. Es versandete gewissermaßen unter einer Wanderdüne vieler anderer Interessen.

Eines Tages jedoch ergab sich für mich eine unerwartete Gelegenheit zum Spielen auf einer echten Orgel. Freunde von uns waren Friedhofsgärtner und Verwalter eines nahe gelegenen Friedhofs. Zu diesem Friedhof gehörte eine alte Kapelle, ein Backsteinbau im Stil des Historismus der Jahrhundertwende und fast schon so groß wie eine kleine Kirche. Und dort, oben auf der Empore auf der linken Längsseite zum Andachtsraum, befand sich eine echte alte Orgel in stattlicher Größe. Als die freundliche Frau des Friedhofsverwalters, die mich besonders ins Herz geschlossen hatte, bei einer Einladung zusammen mit meinen Eltern durch Zufall von meiner unerfüllten Sehnsucht nach einem eigenen Orgelspiel erfuhr, nahm sie mich anschließend beiseite und sagte mir, dass ich mir nach telefonischer Absprache jederzeit abends den Schlüssel zur Kapelle bei ihr abholen und nach Belieben die Orgel ausprobieren dürfe. Irgendwelche Hilfestellungen könne sie mir allerdings nicht geben, weil sie noch nie die Tasten eines Klaviers, geschweige denn die einer Orgel berührt habe.

Das ließ ich mir nicht zweimal sagen, und ich verabredete mich gleich für den nächsten Abend. Meinen Eltern oder sonst jemandem erzählte ich davon nichts, weil mir das vermutlich nur eine Reihe von Verhaltensregeln oder schlimmstenfalls ein Verbot eingebracht hätte und ich gewohnheitsmäßig, wenn überhaupt, ohnehin lieber ex post als ex ante von meinen erlebten oder kommenden Abenteuern zu berichten pflegte.

Am folgenden Abend holte ich mir also wie verabredet einen großen, etwas angerosteten Schlüssel ab, wanderte den kurzen Weg durch den Friedhof und schloss vorsichtig die schwere Eichentür zur Kapelle auf. Im letzten Dämmerlicht des frühen Abends, das durch die hohen Fenster fiel, stieg ich vorsichtig die schmale Treppe links im Raum zur Empore und zur

Orgel hinauf. Ich entdeckte einen altmodischen schwarzen Drehschalter, und nachdem ich damit ein schwaches Licht auf der Empore eingeschaltet hatte, begann ich vorsichtig mit dem Ausprobieren der Tasten. Kein Ton erklang bis mit plötzlich einfiel, dass man mit den Füßen vermutlich die Pedale eines Blasebalgs treten müsse, da ohne einen kräftigen Luftdruck die Pfeifen einer Orgel nicht zum Klingen gebracht werden können. Als ich dann sämtliche erreichbaren Fußpedale vorsichtig ausprobierte erklang plötzlich ein schöner tiefer Ton. Das Instrument war aus seinem Schlaf geweckt und begann mit mir zu sprechen. Bald war ich in eine lebhafte Konversation vertieft, wodurch sich der dunkle Andachtsraum mit den unter mir liegenden Bänken und dem kleinen Altar mit melodischen und auch weniger melodischen Tonfolgen füllte. Ich probierte das Ziehen der Registerknöpfe und die Funktionen der Pedale, und es machte mir zunehmend Freude, dem alten Instrument immer neue Tonarten und Klangfarben zu entlocken. Bis heute bin ich der so überaus freundlichen und leider schon seit Jahren verstorbenen Frau des Friedhofsverwalters dankbar für dieses Erlebnis, das sich in späteren Jahren niemals mehr wiederholen sollte.

Schon bald verabredete ich mich zum nächsten Besuch der Kapelle, und es folgten in rascher Folge weitere Besuche, die mir stets Freude brachten. Und wenn ich nach dem Spiel, oder besser: nach meinen Spielversuchen, mit dem alten großen Schlüssel die schwere Tür zur Kapelle wieder umständlich verschloss fühlte ich mich auf Wilhelm Buschs Spuren wandeln bei dem Gedanken an seine Zeilen: »Abends schließt mit sanfter Ruh' Lämpel seine Kirche zu.«

Soweit das Präludium. An dieser Stelle beginnt das Ereignis, von dem ich hier berichten will.

Es war Herbst, und die Tage wurden immer kürzer und dunkler. Wieder einmal hatte ich mich, etwas später als gewöhnlich, zum Orgelspiel angemeldet und tappte mit dem Schlüssel in der Hand am finsteren Abend den mit hohen Bäumen und Büschen flankierten Friedhofsweg entlang zu der unbeleuchteten Kapelle. Es stürmte und die Äste der alten Bäume bogen sich knarrend im Wind. Vor der hohen, oben bogenförmigen Tür der Kapelle schaltete ich eine kleine Taschenlampe ein, um das Schlüsselloch zu finden und drehte dann wie gewohnt den großen Schlüssel in dem etwas schwergängigen Schloss. Als ich oben den Lichtschalter auf der Empore eingeschaltet hatte und herab in den unbeleuchteten Kapellenraum blickte, sah ich schemenhaft, dass zwischen den rechts und links angeordneten Bänken des Andachtsraums dicht vor dem Altar ein großer dunkler Sarg abgestellt war, was bei meinen bisherigen Besuchen noch nie der Fall gewesen war.

So, so …, dachte ich bei mir. Du bist heute also nicht allein. Und ich nahm mir vor, zu Ehren des Toten (denn ich nahm ganz selbstverständlich an, dass da unten kein leerer Sarg stand) besonders konzentriert und feierlich zu spielen und nicht, wie sonst meistens, einfach drauf los zu fantasieren. So intonierte ich so gut es ging einige Kirchenlieder aus dem Gedächtnis, wobei ich zwischendurch einen scheuen Blick hinter mich und nach unten warf, weil mir meine Fantasie das unbestimmte Gefühl eines Beobachtetwerdens vorgaukelte. Der Sturm hatte draußen zugenommen und Zweige der mächtigen Rhododendronbüsche, die an zwei Seiten der Kapelle angrenzten, klopften zuweilen gegen die hohen Fenster. Dieses leichte unregelmäßige Klopfen und das Geräusch des Windes bewirkte in Verbindung mit dem still dastehenden Sarg und dem schwachen Dämmerlicht ein gewisses Gefühl der Beklommenheit, das ich trotz aller rationaler Erwägungen nicht ganz abschütteln konnte. Doch ich vertiefte mich umso mehr in mein Orgelspiel.

Plötzlich wurde meine Musik durch ein trotz der Geräusche des Windes deutlich vernehmbares dreimaliges Klopfen an der Kapellentür unterbrochen. Ich hörte auf zu spielen und starrte gebannt nach unten zu der dunklen Tür. Erlaubte sich da jemand einen Streich? Noch nie hatte ich hier einen Besucher erlebt. Und zudem war die Tür ja nicht abgeschlossen. Man konnte doch eintreten! Nochmals ertönte ein dreimaliges Klopfen. Es kam mir unpassend vor, an diesem Ort und in einer solchen Situation einfach ›herein‹ zu rufen, und so sah ich weiter schweigend auf die Tür schräg unter mir. Und jetzt, nach einer Pause, öffnete sich diese langsam und knarrend, ein Windstoß fuhr in die Kapelle, und ein schwarz gekleideter Mann mit einem altmodisch steifen Hut auf dem Kopf stand auf der Schwelle. Ich blickte etwas benommen auf diese ungewöhnliche Erscheinung und rief schließlich von oben herab «Guten Abend», wobei ich es nicht vermeiden konnte, mit etwas ungebührlicher Eile sogleich die Frage anzuschließen: »Wer sind Sie?«.

Der Mann blickte schweigend nach oben und zog dann höflich seinen Hut. Er stellte sich als Totengräber vor und sagte, dass er in der stürmischen Nacht Licht in der Kapelle gesehen und beim Näherkommen vom Wind verwehte Töne der alten Orgel gehört habe. Da er wusste, dass sich ein Sarg in der Kapelle befand und diese zur Nachtzeit eigentlich habe leer stehen und verschlossen sein musste, habe er nachsehen wollen. Ich antwortete, dass ich mit Erlaubnis der Friedhofsverwaltung ein wenig auf der Orgel übe und sah dabei deutlich das Bild, das sich ihm von draußen im stürmischen Dunkel, untermalt von im Wind verzerrten Orgeltönen, geboten haben musste. Sicherlich war diese Erscheinung für ihn nicht weniger unheimlich gewesen als für mich im Inneren der Kapelle.

Der schwarze Mann verabschiedete sich höflich mit dem Hinweis, dass gleich morgen früh eine Beisetzung stattfinden solle und dass der Sarg ausnahmsweise schon heute Abend hier abgestellt worden sei. Ich verabschiedete mich ebenso höflich und versicherte, dass ich mein Orgelspiel alsbald beenden und die Kapellentür dann sorgfältig wieder abschließen werde. Das tat ich auch, und so endete diese etwas unheimliche Begebenheit, die ich bis heute nicht vergessen habe.

Der Spieler

Seit meiner Kinder- und Jugendzeit hatte ich lange nicht mehr Karten gespielt. Damals meistens Rommee, von meiner Mutter auch liebevoll »Idioten-Bridge« genannt. Im Familienkreis spielte ich mit meinen Eltern, meiner jüngeren Schwester, einer sehr geliebten Großtante, die damals noch bei uns im Hause wohnte, und einem Freund und Patenonkel, der auch mein bester Partner im Schach war. Niemals ging es um Geld. Das war so selbstverständlich, dass darüber gar keine Frage aufkam. Meine Mutter pflegte zuweilen zu sagen: »Wenn man um Geld spielt sitzt der Teufel unterm Tisch«, und ich nahm mir diese Warnung zu Herzen. Später zog ich in die Stadt H., um dort zu studieren, und alle Spielkarten waren einstweilen vergessen.

Bis ich dann eines Tages ein Inserat in der Zeitung las: Mittwoch, den 16. Mai ab 18 Uhr ›Tag der offenen Tür‹ im städtischen Kasino. Nie zuvor war ich in einem Spielkasino gewesen. Weder hatte ich Geld dafür übrig, noch wollte ich von den unter den Tischen sitzenden Teufeln in Versuchung geführt werden. Aber bei einem Tag der offenen Tür mal hingehen und sich den Spielbetrieb ansehen, den ich aus Erzählungen etwa von Dostojewski oder Arthur Schnitzler vom Ablauf her schon in groben Zügen kannte, das war etwas anderes. Und Neugier ist eben auch eine große, vermutlich sogar die größte treibende Kraft im Leben. Sie trug auch diesmal den Sieg über sämtliche unter den Tischen versammelten Teufel davon. So kleidete ich mich am besagten Mittwoch gegen 17 Uhr in meinen einzigen, etwas zu eng gewordenen Anzug, band eine Krawatte um und steckte mir zwei 10 DM-Scheine ein, die ich höchstenfalls ausgeben wollte.

Vor dem großen Eingang des Kasinos stand ein Portier in vornehmer Livree, der mich mit leichtem Kopfnicken ohne weiteres passieren ließ. Vor einer weiteren Doppeltür im Inneren des Gebäudes standen zwei Herren in dunklen Anzügen, die alle Eintretenden höflich nach dem Personalausweis fragten. Ich zückte den meinigen und durfte auch dort passieren. Nach einigen, mit rotem Teppich belegten Stufen gelangte ich zu einer Art Rezeption, die mit Panzerglas geschützt war und vor der sich Besucher drängten. Dort wechselte ich wie geplant meine beiden 10 DM Scheine gegen zwei gelbe Jetons um, wobei ich nochmals meinen Ausweis vorzeigen musste. Dabei erhielt ich sogar noch einen dritten gelben Jeton als Geschenk des Hauses wegen des Tags der offenen Tür, wie mir die Dame am Schalter freundlich erklärte. Und dann betrat ich endlich klopfenden Herzens den ersten Spielsaal, an den sich im Hintergrund noch weitere anschlossen.

Ich sog die fremde Atmosphäre in mich ein und beobachtete kleine Gruppen von Besuchern, denen Angestellte des Kasinos mit leiser Stimme das jeweilige Spielsystem erklärten. Dazwischen erklangen gedämpfte Ansagen der Croupiers, die mir zum Teil bekannt waren. Ein leises Gemurmel war hin und wieder zu hören, begleitet von dezentem Klappern der zusammen gefegten Plastikchips.

Nach einer Weile gespannten Zuschauens fasste ich endlich Mut und setzte an einem Roulettetisch meinen geschenkten Jeton auf Rot, wobei ich im Andenken an meine Mutter vorher noch lächelnd einen kurzen Blick unter den Tisch warf. Doch ein Teufelchen war nirgends zu erblicken. Ich gewann und mein geschenkter Jeton hatte sich plötzlich verdoppelt. Dadurch ermutigt setzte ich beide Jetons sogleich auf Schwarz und verlor. Damit hatte das Kasino seine ›großzügige‹ Gabe schneller als erwartet zurück erhalten. Enttäuscht beschloss ich, nun überhaupt nicht mehr zu spielen, obwohl meine beiden eigenen Jetons noch in der Tasche klimperten. Doch ganz so schnell wollte ich die unbekannten Salons mit ihren Geheimnissen noch nicht wieder verlassen. So schlenderte ich von Tisch zu Tisch, hörte zu bei den Erklärungen des Personals und ließ mich endlich dazu hinreißen, mit einem meiner beiden Jetons doch noch bei einem mir unbekannten Spiel auf eine Spielkarte zu setzen. Die Karte war eine Herz-Dame und vielleicht auch die Freud'sche Fehlleistung eines einsamen Junggesellen. Doch wieder verlor ich und machte mich nun spontan auf den Rückweg.

Dabei erblickte ich plötzlich eine ungewöhnlich große Gruppe von Besuchern, die sich um einen Tisch drängten. Ich trat näher und sah einen am Tisch sitzenden Mann von vielleicht 60 Jahren mit dunkelblonden Haaren, gekleidet mit einem altmodischen Dinnerjackett aus dunkelblauem Samt und einer dunkelroten Samtfliege auf dem schneeweißen Smokinghemd. Seine Augen waren unter dicken Brillengläsern verborgen und auf dem geröteten Gesicht glänzten Schweißperlen. Gerade als ich mich vorsichtig an ihn heran schob griff er einen Haufen vor ihm aufgetürmter verschiedenfarbiger Jetons und setzte den größten Teil auf ein bestimmtes Feld, das vor ihm auf dem dunkelgrünen Filz des Spieltisches eingezeichnet war.

»Rien ne va plus« erscholl eine vornehm gedämpfte Stimme, man hörte überlaut das Rollen einer Kugel, und der Mann verlor. Der Croupier harkte mit gleichgültigem Gesicht die Jetons auf dem Spielfeld zusammen und ein neues Spiel begann. Der Mann in dem Samtsakko hatte jetzt nur noch wenige Jetons vor sich auf dem Tisch liegen, und die umstehenden Beobachter, die nun keine Sensation mehr witterten, zerstreuten sich im Raum. Dadurch konnte ich noch näher aufrücken, so dass ich jetzt fast neben dem unbekannten Spieler stand, während dieser die kommende Runde nur beobachtete und sich dabei mit einem weißen Taschentuch über die Stirn fuhr. Die Roulettekugel blieb stehen, und es gewann gerade das Feld, auf dem er eine Runde zuvor so hoch verloren hatte.

Der Mann atmete tief durch und als das nächste Spiel begann, schob er mit einer entschlossenen Geste seine sämtlichen ihm noch verbliebenen Jetons auf ein anderes Feld des grünen Tisches. Die Kugel rollte und nach endlos erscheinenden Sekunden blieb sie auf einem fremden Kreisabschnitt stehen. Der Mann hatte wieder verloren.

Er wischte sich erneut die Stirn, atmete tief aus und wandte sich zögernd zum Gehen. Dabei kreuzten sich für einen kurzen Augenblick unsere Blicke. Er musste in meinen Augen etwas gefunden haben, denn unerwartet raunte er mir leise zu: »Haben Sie noch einen Chip? Geben Sie ihn mir, und ich werde Sie am Gewinn, den ich an diesem Abend mache, zur Hälfte beteiligen.« Ich war so überrascht, dass ich fast automatisch in die Tasche griff und ihm meinen letzten Jeton überreichte. »Es sind nur 10 DM«, sagte ich dabei, »und dieses ist mein letzter und einziger Chip, den ich noch habe.« Der Mann nickte schweigend, drehte sich erneut dem Spieltisch zu und setzte meinen Jeton auf eine einzige Zahl. Es war die 36. Die Kugel rollte und blieb auf der 36 stehen. Es war unglaublich und wie im Traum. Der Mann hatte auf einen Schlag 360 DM gewonnen, und davon gehörte die Hälfte mir. Doch bevor ich etwas sagen konnte hatte der Mann die gesamten Jetons auf Rot gesetzt und nach dem Ausrollen der Kugel den Gewinn verdoppelt.

Ich fasste ihn am Arm. »Halt«, flüsterte ich erregt, »jetzt möchte ich meinen Anteil!« Doch mein Partner schüttelte nur den Kopf. »Sehen Sie nicht, dass Sie mir Glück bringen und wir uns beide in einer Glückssträhne befinden?« Und damit schob er sämtliche Jetons bis auf einen einzigen gelben auf ein Feld, das einen vierfachen Gewinn versprach. Es war unglaublich, aber der Mann gewann erneut. Jetons im Werte von 2880 DM lagen jetzt vor ihm.

Ich rüttelte an seinem Arm. »Genug«, flüsterte ich, »aufhören!« Ich möchte jetzt meinen Anteil!« Dabei wurde meine Stimme so laut, dass der Croupier mich missbilligend ansah und den Kopf schüttelte. Ich verstummte, und der fremde Mann raunte mir zu: »Wir machen Halbpart. Aber wir haben nicht verabredet wann ich aufhören muss.« Und damit schob er die gesamten Jetons bis auf den einen gelben wiederum auf das grüne Feld, das einen vierfachen Gewinn versprach. Der Schweiß trat mir auf die Stirn. Ich lockerte meine Krawatte und fühlte mich fast einer Ohnmacht nahe. Doch das Unglaubliche geschah. Wiederum gewann das vierfache Gewinnfeld, und mein Partner hatte nun Jetons im Werte von über 10 000 DM vor sich liegen. Besucher blieben stehen und versammelten sich um uns. »Bitte, bitte«, flüsterte ich ihm ins Ohr, »bitte aufhören und geben Sie mir meinen Anteil …« Doch mein Partner schüttelte nur den Kopf. »In einer solchen Gewinnsträhne muss man weiter machen«, entgegnete er leise. »Wir wollen heute mal richtig groß abräumen. Aber Ihnen zuliebe werde ich vorsichtiger sein und nur noch verdoppeln.« Und damit schob er sämtliche Jetons bis auf den einen gelben auf Rot. Es kam Schwarz. Der Mann seufzte und schob mir den letzten Jeton zu. »Danke«,

sagte er nur. »Es war mir angenehm, mir Ihnen zusammen zu spielen.«
Und damit erhob er sich und verschwand.

Ich ging wie betäubt dem Ausgang zu und vergaß sogar, meinen mir
verbliebenen letzten Jeton wieder einzuwechseln. In der Nacht schlief
ich schlecht und träumte von einem riesigen Gewinn, der sich immer
wieder vor meiner Hand in Luft auflöste. Ich schwor mir, niemals wieder
ein Kasino zu betreten.

Am folgenden Tag war der Himmel grau in grau und es regnete in Strö-
men. In denkbar trüber Stimmung kam ich auf dem Weg zur Uni an
einem Zeitungskiosk vorbei. Ein Schlagzeile der Bildzeitung leuchtete
mir entgegen: Mann erschießt sich vor dem Kasino. Wie angewurzelt
blieb ich stehen und wusste sofort wer es war. Unter jenem Tisch hatte
der Teufel gesessen.

Die Anhalterin

Damals, im August 1982, hatten wir einen ungewöhnlich heißen Sommer. Wahre Hundstage bei drückender Schwüle reihten sich aneinander mit andauernder Sehnsucht nach Erfrischung. Und oftmals schien ein Funke zu genügen, um ein schweres Gewitter auszulösen. So war es auch an jenem Sommerabend, als meine Begleiterin besorgt zum Aufbruch mahnte und zum Himmel zeigte, wo sich zunächst weiße, dann immer schwärzer werdende Wolkentürme am Horizont aufbauten, während erste heftige Windstöße durch die Zweige fuhren.

Meine Begleiterin war eine 22jährige Studentin mit Namen Silke. Sie hatte von Husum kommend ihren Regionalzug, mit dem sie mit ihrem Wochenendticket unter mehrmaligem Umsteigen in ihren Heimatort Stelle bei Hamburg zurück kehren wollte, verpasst. Da daraufhin für längere Zeit keine geeignete Verbindung mehr bestand, hatte sie beschlossen, ihre Reise per Anhalterin fortzusetzen. Und so hatte ich sie kennen gelernt: Eine schöne schlanke junge Frau mit langen dunkelblonden Haaren, in Jeans, rotweiß gemusterter Bluse und weißer Seglerjacke mit einer blauen Tasche in der Hand am Straßenrand in der Nähe von Itzehoe, wo sie ein anderer Autofahrer abgesetzt hatte.

Ich kam aus Hamburg, war auf dem Weg zu einer Gartenparty auf dem Lande und wollte anschließend wieder nach Hause fahren. Als ich stoppte, lief sie einige Meter hin zu meinem Wagen und stieg nach kurzer Frage dankend zu mir ein. Während der Weiterfahrt überlegten wir gemeinsam, an welcher geeigneten Stelle ich sie wieder absetzen könnte, am besten natürlich an einem Bahnhof. Itzehoe kam in Frage, hätte aber für mich einen beträchtlichen Umweg bedeutet und außerdem kannte ich mich in der Stadt nicht aus. Damals 1982, als ich meine Begleiterin am Straßenrand traf, gab es weder Handys noch Navigationsgeräte. Man fuhr nach Fahrplan oder nach Karte oder man trampte eben ganz selbstverständlich. Die Menschen standen sich näher, hatten mehr Vertrauen zueinander und niemand vermisste etwas.

Silke, die ohnehin mit einer langen Rückfahrt gerechnet hatte, war nicht in Eile und ich ebenso wenig. Nachdem wir uns eine Weile über das mögliche Fahrtziel unterhalten hatten, machte ich ihr schließlich den Vorschlag einfach mit auf die Party zu kommen und mit mir dann zurück nach Hamburg zu fahren, wo ich sie am Hauptbahnhof absetzen würde. Von dort würde sie schnell und leicht mit einem Regionalzug weiter nach Maschen kommen.

Nach kurzer Überlegung willigte sie ein. Vielleicht war es so, dass meine Sympathie für sie damals schon auf Gegenseitigkeit beruhte. Oder es verlockte sie nur die bequeme Möglichkeit, ohne weiteres Warten und Umsteigen bis nach Hamburg direkt zum Hauptbahnhof gefahren zu werden. Der schöne warme Sommernachmittag kam hinzu und vielleicht auch ein wenig Neugier auf eine interessante Party bei fremden Menschen. Jedenfalls vertraute sie mir, und nichts hätte mir ferner gelegen als ein solches Vertrauen zu missbrauchen.

Auf der Party im Dörfchen S. wurde ich mitsamt meiner Begleiterin herzlich begrüßt. Sie wurde ganz selbstverständlich und als mir zugehörig mit freundlichen Komplimenten in den Kreis der Gäste eingeführt. Da ich als Single bekannt war, hatten sich meine Freunde daran gewöhnt, dass ich ab und zu mit einer für sie noch unbekannten Begleiterin erschien, zu der kaum weitere Fragen gestellt wurden. Doch im Laufe des Abends ergab sich dann doch im vereinzelten Gespräch, wo und wie wir uns erst vor wenigen Minuten kennen gelernt hatten.

Wir alle kennen das Glücksgefühl jener seltenen lauen Sommernächte, bei denen alles was zum Wohlbefinden beiträgt einfach stimmt: Die langsam untergehende Abendsonne in warmer, die Haut umschmeichelnder Luft, die die Hitze des Tages nur zögernd abgeben will, dazu Musik, Gesprächsfetzen, Gelächter im Hintergrund, heimliche Blicke, Komplimente und verstehendes Lächeln. Ein besonderer Zauber der Gegenwart, dem sich kaum jemand entziehen kann. So war es auch bei Silke und mir, und als auf der Terrasse nach einem kalten Buffet Tanzmusik erklang und die Gastgeber den Anfang machten, schlossen wir uns an und tanzten bei langsamer Musik auch ohne weiteres so eng zusammen, wie man das in damaliger Zeit bei langsamer Musik und jungen Leuten eben zu tun pflegte. Überhaupt empfinde ich auch heute noch jene frühere Zeit ohne die ständige digitale Ablenkung und hochmütige Coolness als sehr viel glücklicher und menschenwürdiger. Aber das ist ein weites Feld …

Doch dann fuhren plötzlich einzelne Windstöße durch die Zweige der Obstbäume, unter denen wir sorglos tanzten, lachten und plauderten. Finstere Wolkenberge türmten sich am Horizont. Und als meine Begleiterin besorgt auf ihre Armbanduhr sah und auf den Himmel zeigte, zögerte ich keine Minute sondern verabschiedete mich eilig von unseren Gastgebern. Die Heimreise begann.

Deutlich habe ich noch das Bild der kurvenreichen Landstraße vor Augen, die uns zu der Autobahn in Richtung Pinneberg führen sollte, als das Unwetter schlagartig über uns herein brach. Ein greller Blitz mit folgendem krachenden Donner leitete das Szenario ein. Es folgte Blitz auf Blitz, und dann kam ein Regenguss, wie ich ihn zuvor kaum jemals erlebt hatte. Es schüttete wie aus Kübeln und die Scheibenwischer schafften es nicht mehr, die Wassermassen von der Scheibe fern zu halten. Die Straße schwamm in überflutendem Wasser. Autos hielten mit eingeschalteter Warnblinkanlage vor uns am Straßenrand und nur wenige wagten es, im Fußgängertempo weiter zu schleichen. Es war ein Chaos, eine Sintflut, die plötzlich über uns gekommen war.

In einer Kurve sahen wir dann den umgekippten Wagen. Er musste ganz kurz vor uns verunglückt sein, denn ich sah, dass sich das linke Vorderrad noch in der Luft drehte. Weißer Dampf stieg vorn aus dem Kühler. Ich hielt in einer Wasserlache am Straßenrand an, schaltete die Warnblinkanlage ein und stieg aus dem Wagen. Meine Begleiterin folgte mir schweigend. Das kleine Auto, ein schwarzer Fiat Panda, war durch einen flachen Graben auf einen Acker gerutscht und hatte sich dabei überschlagen. Eine junge Frau lag bewegungslos und unangeschnallt mit seltsam verrenkten Gliedern unter dem über ihr hängenden Lenkrad. Aus einer Stirnwunde tropfte Blut. Auf dem Rücksitz hing ein Kind von etwa zwei Jahren kopfüber fest in einem Kindersitz angeschallt und wimmerte leise vor sich hin. Zusammen versuchten wir zuerst die Fahrertür und dann die Beifahrertür des alten Wagens zu öffnen, doch die Türen hatten sich verzogen und gaben keinen Zentimeter nach.

Inzwischen hatten noch zwei weitere Autos hinter uns gehalten. Die Fahrer eilten herbei, und wir besprachen die Situation. Auch mit vereinten Kräften ließen sich die Türen weiterhin nicht öffnen. Das Einschlagen einer Scheibe erschien sinnlos, weil wir es nicht wagen konnten, die regungslose Frau mit ihren verrenkten Gliedern durch die relativ kleine Scheibenöffnung zu zerren, ohne dabei Schlimmeres zu verursachen. Der eine Fahrer versprach schließlich, im nächsten Dorf Feuerwehr und Polizei zu alarmieren und fuhr davon. Der zweite Fahrer folgte ihm. Lange blieben Silke und ich im nachlassenden Regen stehen, setzten uns dann ins Auto und warteten dort auf Hilfe. Andere Autos hielten, und ich machte ihnen Zeichen zum Weiterfahren. Nach einer uns endlos erscheinenden Zeit trafen hintereinander Feuerwehr, Krankenwagen und Polizei ein. Wir gaben unsere Anschriften und einen kurzen Bericht zu Protokoll. Inzwischen hatte die Feuerwehr die Seitentüren aufgestemmt und Sanitäter befreiten die immer noch regungslose Frau vorsichtig aus ihrer verkrampften Lage. Das Kind schien unverletzt und wimmerte weiter leise vor sich hin als es aus seinem rettenden Sitz befreit wurde. Wir sahen wie die regungslose Frau in den Rettungswagen getragen wurde, und beide wagten wir es nicht zu fragen ob die Frau tot war. Wir wussten, dass es für uns eine Katastrophe gewesen wäre, wenn die Antwort bejahend ausgefallen wäre. So aber blieb die Hoffnung.

Völlig durchnässt fuhren wir langsam weiter nach Hamburg. Der Regen hatte aufgehört, doch die Straßen schwammen noch im Wasser. Wir schwiegen beide, und dann hörte ich meine Begleiterin plötzlich leise neben mir schluchzen. Ich fasste ihre linke Hand und streichelte sie wortlos. Als wir Hamburg erreichten war es nach Mitternacht und der letzte Zug nach Stelle war lange abgefahren. Ich fragte Silke, ob ich nach Stelle weiter fahren solle oder ob sie bei mir in einem Gästebett übernachten wolle. Sie hatte immer noch Tränen in den Augen und wollte bei mir bleiben.

Also fuhren wir zusammen zu meiner Wohnung. Ich machte das ausziehbare Sofa im Wohnzimmer zum Schlafen zurecht, gab ihr Handtücher und einen meiner Schlafanzüge. Nach kurzem Gespräch verabschiedeten wir uns zur Nacht, und ich ging in mein Schlafzimmer. Doch ich konnte nicht einschlafen und drehte mich von einer Seite auf die andere. Zu unterschiedlich schön und dann grausam waren die Eindrücke dieses Tages gewesen. Es war als ob das Schicksal mit strenger Hand Regie geführt und aus einem glücklichen Sommertag aus purem hässlichen Neid ein bitteres Drama hatte machen wollen. Gerade so, als dürfte ein kleines Glück immer nur von kurzer Dauer geduldet werden. So dachte ich verbittert.

Immer noch lag ich schlaflos als sich die Schlafzimmertür leise öffnete. Silke trat ein in meinem Schlafanzug, setzte sich an meinen Bettrand, strich mir übers Haar und schlüpfte dann wortlos unter meine Bettdecke. Ganz fest wie ein kleines Kind drückte sie sich an mich. Zusammen schliefen wir ein.

Mit dem Neid des Schicksals und dem kurzen Glück hatte ich mich geirrt. Es sollte sich herausstellen, dass ich an jenem ereignisreichen Tag eine wunderbare Freundin gefunden hatte, die mich noch lange begleiten sollte.

Der Schrank

Es war eine dieser spontanen Ideen von Barbara, meiner Frau, gewesen, die sie, einmal kurz angedacht, mit zunehmender Konsequenz weiter verfolgte bis zum Erfolg, oder wie gerade in diesem Fall auch bis zum bitteren Ende. Als Studentin war sie einmal mit einer Freundin zusammen per Anhalter durch Südirland getrampt und hatte sich seither immer wieder gewünscht, die Westküste Irlands mit ihren steilen Klippen, kleinen Stränden und Feldern, die so malerisch mit lose aufgeschichteten Steinmauern umgeben sind, noch einmal wieder zu sehen.

So flogen wir im Sommer 1986 nach Dublin, mieteten uns ein kleines Auto und fuhren damit zur Westküste. Dort folgten wir der Küstenstraße bis wir in einem kleinen Dorf nahe dem Ort Kilkee ein einfaches Quartier mit Bed and Breakfast fanden, das Barbara wegen seiner Lage mit Aussicht aufs Meer und des kurzen Weges zum kleinen Strand auf Anhieb gefiel. Es war ein altes Haus, das schon so manchen Stürmen des offenen Atlantiks widerstanden und dabei entsprechende Patina angesetzt hatte.

Unser Zimmer, zu dem eine knarrende Holztreppe ins Obergeschoß führte, war altmodisch eingerichtet aber geräumig und besaß ein Fenster, aus dem man einen schönen Blick zur offenen See hin hatte. Ein breites Ehebett stand in der Mitte des Raumes, links daneben ein Waschtisch mit hohem Spiegel und rechts ein hoher Kleiderschrank. Vor dem Fenster befand sich ein kleiner Schreibtisch mit Stuhl und in der Ecke daneben ein altmodischer Sessel. Diese Einrichtung genügte uns, denn wir wollten hauptsächlich wandern oder mit dem Auto Ausflüge in die Umgebung unternehmen und das Zimmer nur zum Übernachten benutzen. Das Frühstück wurde im Wohnzimmer des Hauses eingenommen, das sich im Erdgeschoss befand. Serviert wurde es von einer schweigsamen Frau mittleren Alters und hagerer Statur, die, wie sich alsbald herausstellte, die Tochter des Hausbesitzers mit Namen Eveline war. Ihr Vater, ein unscheinbarer und fast greisenhaft wirkender Mann mit weißen Haaren und glatten, gepflegt wirkenden Händen, war Witwer und hatte uns in

Empfang genommen. Nachdem er das Zimmer gezeigt und die Formalitäten erledigt hatte, verschwand er für den Rest unseres Aufenthalts von der Bildfläche. Seine Tochter erwähnte auf Nachfrage, dass er noch ab und zu arbeite und zu tun habe.

Am dritten Tag unseres Aufenthalts erwachte meine Frau mitten in der Nacht mit einem Schrei und klammerte sich an mich. Sie zitterte am ganzen Körper, und als ich ihr das Haar zurück strich, fühlte ich Angstschweiß auf ihrer Stirn. Nachdem ich sie etwas beruhigt hatte, berichtete sie von einem Albtraum. Sie habe vor einem fremden hohen Schrank gestanden und, ohne sich dabei rühren zu können, zusehen müssen, wie sich oben auf dem Schrank etwas bewegte. Eine dunkle Masse habe sich mit unendlicher Langsamkeit aus dem Hintergrund hervor geschoben und sich zu einem ekelhaft zottigen schwarzen Haarschopf entwickelt, der langsam über die Oberkante des Schrankes hervor quoll. Bevor ein Kopf oder gar Gesicht zu erkennen war, hatte sie laut aufgeschrien und war erwacht. Ich nahm Barbara in meine Arme, streichelte sie, doch sie konnte lange nicht wieder einschlafen. Am folgenden Morgen weckte uns eine helle Sonne, die durch das Fenster zum Meer durch die weißen Untergardinen flimmerte. Wir frühstückten und verließen alsbald das Haus zu einer erholsamen Wanderung entlang der Klippen.

Das Schreckliche begann in der folgenden Nacht, als sich der Traum wiederholte. Wieder wachte Barbara mit einem Schrei auf, flüchtete in meine Arme und konnte lange nicht mehr einschlafen. Und wieder hatte sie die schwarzen Haare gesehen, die sich jetzt noch weiter als gestern nach vorn über die Oberkante des Schrankes geschoben hatten. Am nächsten Morgen besprachen wir den Traum, und ich fragte sie, ob es sich etwa um unseren Zimmerschrank rechts neben dem Bett handeln könne. Doch sie schüttelte den Kopf und berichtete in stockender Rede, dass der Schrank ganz anders ausgesehen habe. Nicht schlicht und einfach gebaut sei er wie unserer hier im Zimmer, sondern es sei ein Schrank mit einer kunstvoll verzierten Frontseite, die alte Intarsien an den Türen erkennen ließ und oben mit einer geschwungenen fast barock anmutenden

Oberkante abschloss. Und von dort habe sich der entsetzliche Haarschopf mit quälender Langsamkeit hervor geschoben.

Wir kamen zu keinem Ergebnis und brachen auf, diesmal mit dem Auto zu einem etwas weiteren Ausflug in die Umgebung. Um Barbara mit etwas Lebhaftem abzulenken, hatte ich mir nach der Karte ein Städtchen zum Ziel genommen, durch das wir dann Hand in Hand wie in alten Zeiten schlenderten. Wir besuchten ein Café, in dem wir uns bei starkem Mokka und einer sehr süßen irischen Kuchenspezialität immer munterer werdend unterhielten. Dann brachen wir auf und wanderten durch eine verwinkelte Einkaufsstraße, in der wir verschiedene Geschäfte besuchten, uns umsahen und auch einiges kauften. Barbara war glücklich über einen wunderschönen handgewebten irischen Schal, den ich ihr schenkte. Wir besichtigten noch eine uralte Kirche und fuhren dann voller neuer Eindrücke zu unserem Haus am Meer zurück. Unterwegs aßen wir in einem gemütlichen Pub zu Abend. In unserem Zimmer angelangt öffnete ich eine ziemlich teure Flasche Wein, die wir uns in der Stadt besorgt hatten, und tranken sie ganz gegen Barbaras Gewohnheit fast vollständig aus. Wir gingen zu Bett, Barbara schmiegte sich fest an mich, und dann fielen wir beide in tiefen Schlaf, der bei mir traumlos und ohne Erinnerung blieb.

Ich erwachte durch ein lautes Poltern über mir an der Zimmerdecke. Um mich herum war es stockdunkel, und ich tastete nach Barbaras Körper. Doch ich griff ins Leere und bemerkte mich aufrichtend, dass ich allein war. Ich sprang aus dem Bett, suchte nach dem Schalter und schaltete die Deckenbeleuchtung an. Barbara war nicht zu sehen, und die Zimmertür stand angelehnt offen. Auf dem Nachttisch hatte ich eine Taschenlampe bereit gelegt. Ich schaltete sie ein und ging auf den Flur hinaus, auf dem sich die Toilette befand. Doch deren Tür war ebenfalls angelehnt, und Barbara war auch dort nicht zu sehen. Mit der Taschenlampe beleuchtete ich die alte Holztreppe, von welcher der uns bekannte Teil herab zum Wohnzimmer und zur Haustür führte, die aber noch eine uns unbekannte Fortsetzung nach oben hatte. Und von dort war das Poltern gekommen. Doch welchen Anlass hätte es für Barbara geben können, mitten in der Nacht eine uns unbekannte Treppe hinauf zu steigen? Eine Gewaltanwendung konnte ausgeschlossen werden. Trotz meines recht guten Schlafes hätte ich so etwas sicher bemerken müssen. Da fiel mir ein, dass mir Barbara vor unserer Hochzeit einmal erzählt hatte, dass sie in jugendlichem Alter zweimal von ihrer Mutter beim Schlafwandeln ertappt worden war. Damals hatte sie ihre Mutter geweckt, indem sie sie vorsichtig bei der Hand nahm, in ihre erstaunten Augen blickte und sie dann kopfschüttelnd ins Bett zurück begleitete. Ich hatte das vergessen, weil sich so etwas in unserer Ehe niemals mehr wiederholte. Das Geräusch war von oben gekommen. War Barbara schlafwandelnd die unbekannte Treppe empor gestiegen und irgendwo hingefallen?

Ein Lichtschalter für die nach oben führende Treppe war nicht zu finden, und so stieg ich im Schein meiner Taschenlampe langsam hinauf in das mir unbekannte Dunkel. Nach einer kurzen Biegung neigten sich die Seitenwände zur Schräge, und ich vermutete, dass ich mich dem Dachboden näherte. Ich leuchtete nach oben und sah, dass die Treppe ohne Zwischenflur direkt an einer hell gestrichenen Holztür endete. Mit klopfendem Herzen kletterte ich weiter und sah, dass diese Tür ebenfalls nur angelehnt war. Sie öffnete sich nach innen, und ich drückte sie weiter auf, um mit der Taschenlampe in den Raum hinein zu leuchten. An dem Gewirr von abgestellten Sachen, kleinen Möbeln, Kästen, Koffern und Bilderrahmen erkannte ich, dass es sich in der Tat um einen Bodenraum handeln musste, und zwar um einen recht großen Raum, den man von der Tür aus nicht vollständig überblicken konnte und in dem man jedenfalls in der Mitte aufrecht stehen konnte. Der Raum musste direkt über unserem Zimmer liegen. Vorsichtig trat ich näher und tastete mich zwischen den abgestellten Sachen voran. Vor mir erhob sich die dunkle Silhouette eines Schrankes, der nur hier stehen konnte, weil er unter die Dachschräge nicht gepasst hätte und so in der Mitte stehend den Bodenraum wie ein Raumteiler in einen rückwärtigen und einen vorderen Teil trennte. Ich tastete mich an seiner Schmalseite vorbei und erstarrte. Vor dem Schrank lag Barbara leblos auf dem Boden, die Augen wie bei einer Toten weit aufgerissen und nach vorne blickend.

Mit Mühe bezwang ich eine aufsteigende Panik, beugt mich zu ihr herab und tastete nach ihrem Puls. Zu meiner Erleichterung fühlte ich einen leichten Herzschlag und schob meinen rechten Arm unter ihren Körper, um sie aufzurichten. Mit der linken Hand hielt ich die Taschenlampe, deren Schein mit der Bewegung meiner Kraftanstrengung wie ein Irrlicht im Raum hin und her huschte. Ich hatte mich halb erhoben, als das volle Licht der Lampe plötzlich auf die Vorderseite des Schrankes fiel. Die verstaubten Schranktüren waren mit Intarsien verziert, und die Oberkante war in barocker Form geschwungen. Und ganz deutlich konnte ich etwas Schwarzes für einen kurzen Moment erkennen bevor der schwankende Lichtkegel weiter wanderte: Seitlich an der geschwungenen Oberkante quoll dichtes schwarzes Haar hervor.

Mein Herzschlag setzte aus, die Taschenlampe fiel mir aus der Hand und rollte am Boden weiter leuchtend unerreichbar unter eine Kommode. Panik ergriff mich und verlieh mir übermenschliche Kräfte. Ich riss Barbara an mich und erhob mich schwankend mit ihr. Stolpernd und um Hilfe rufend versuchte ich im Dunkeln die Bodentür zu erreichen. Überall standen dunkle Gegenstände im Weg, an die ich anstieß und einige umwarf. Dann hatte ich die Tür erreicht und wäre beinahe dort hinaus und die Treppe herab gefallen. Mit der linken Hand klammerte ich mich an den Türrahmen, während ich mit dem rechten Arm Barbara, deren Beine jetzt von meinem linken Arm herab gerutscht waren, fest umklammert hielt.

Von unten erschien Licht und Stimmen wurden laut. Jemand kam mir in Eile die Treppe entgegen. Es war Eveline, die mir wortlos half und fest anpackte. Zusammen trugen wir Barbara die Stufen herab und legten sie auf unser Bett. Sie hatte die Augen jetzt geschlossen, was ihrem Gesicht einen ungleich sanfteren Ausdruck verlieh. Gerade wollte ich Eveline um einen Anruf bei einem Arzt bitten, als sie die Augen öffnete und tief atmete. Ich hob ihren Kopf empor, drückte ihr einen Kuss auf die Lippen und flößte ihr den letzten Schluck Wein aus der Flasche von gestern Abend ein. Langsam erwachten ihre Lebensgeister. Eveline sah mich fragend an, doch ich war jetzt nicht in Stimmung, Fragen zu stellen und Diskussionen auszulösen. So zuckte ich nur die Achseln, und sie ging wieder nach unten in ihr Zimmer.

Ich hatte überall das Licht eingeschaltet und verbrachte den Rest der Nacht ohne Schlaf. Als der Morgen graute packte ich unsere Sachen, und nach kurzem schweigsamen Frühstück verließen wir für immer das Haus. Beim Bezahlen der Rechnung fragte ich Eveline mit gespielt gleichgültiger Stimme nach den schwarzen Haaren auf dem Schrank. Sie entschuldigte sich für die Unordnung auf dem Boden und sagte, dass sich Reste von der Arbeit ihres Vaters immer noch verstreut auf dem Dachboden befänden. Er sei früher ein gefragter Perückenmacher gewesen.

Eine Gutenachtgeschichte

»Papa, erzählst du mir noch eine Geschichte? Bitte, bitte, nur noch eine kleine!«

»Na gut, mein Mäxchen, was soll's denn sein? Brüder Grimm oder Andersens Märchen oder die von Bechstein oder vielleicht aus 1001-Nacht? Aber die und auch die von Hauff sind zu lang jetzt so kurz vorm Einschlafen.«

»Nein, nein, die kenn' ich doch schon alle. Ich möchte eine, die du selbst erlebt hast!«

»Selbst erlebt? Hmm …, habe schon vieles erlebt. Lass' mich mal nachdenken … Da fällt mir gerade eine ein: Habe ich dir schon mal erzählt wie ich auf Drachenjagd gegangen bin?«

»Auf Drachenjagd …? Nein. Das ist ja super! Los, erzähl' schon!«

»Aber dann sofort schlafen!«

»Ja, ich versprech's!«

»Großes Ehrenwort?«

»Großes Ehrenwort!«

»Also gut, pass' auf: Als ich vier Jahre alt war, etwa so alt wie du jetzt, da hab' ich mich ganz doll für Drachen interessiert. Denn mein Papa hatte mir eine Geschichte erzählt, in der ein gewisser Siegfried einen Drachen mit einem scharf geschliffenen Schwert tötet, sich dann im Drachenblut wälzt und dadurch unverwundbar wird. Außerdem findet er dann noch einen großen Schatz, den der tote Drache bewacht hatte. Das fand ich natürlich supertoll, und ich nahm mir insgeheim vor, auch so einen Drachen zu töten und einen Schatz zu heben. Doch dazu musste ich erst mal einen finden. Kannst du verstehen, wie mir da zumute war?«

»Klar, so was würde ich auch gern wollen. Und, hast du einen gefunden, einen echten Drachen?«

»Na ja, nicht sofort, aber ich machte mich auf die Suche. In China sollte es Drachen geben, die haben ja sogar heute noch ein Jahr des Drachen und massenhaft welche auf Münzen und Anhängern. Daran sieht man, dass es welche geben muss. Drachen meine ich, denn sonst könnten sie die ja nicht dauernd abbilden. Doch nach China war es damals und ist es auch heute noch sehr weit, und mein Papa sagte mir, dass man dahin eine lange Strecke mit dem Flugzeug fliegen muss, was auch sehr teuer ist. Nach China konnte ich also nicht, aber ich dachte mir, dass es auch bei uns vielleicht noch ab und zu einen Drachen geben könnte, den man nur aufspüren müsste. Und das wollte ich mit aller Macht. Einmal dachte ich schon ich sei am Ziel, denn mein Papa sagte plötzlich beim Abendbrot zu meiner Mama: ›Am Sonntag um vier kommt mal wieder unser alter Drache aus Niederbayern zu Besuch. Da müssen wir uns was einfallen lassen.‹

Ich sagte nichts und legte mich mit meinem Holzschwert unter der Garderobe versteckt auf die Lauer. Es klingelte, doch als ich mit dem Schwert in der Hand hervor stürzte, war die Enttäuschung groß. Es war kein Drache angekommen, sondern nur Tante Amalie aus Unterpfaffenhofen. Die hat immer so streng geguckt und an vielem herum gemäkelt. Sie hat auch damals recht grimmig geschaut als ich mit gezücktem Schwert unter den Klamotten, die mir die Sicht versperrten, aus der Garderobe stürzte und sie durchbohren wollte. Und ich war total enttäuscht, weil ich gar keinen echten Drachen, sondern eben nur Tante Amalie vor mir sah.

Ich ließ mich aber durch diesen Fehlschlag nicht entmutigen und zog eines schönen Tages, als meine Mama gerade Mittagsruhe hielt und sonst niemand im Hause war, ganz allein mit meinem Schwert und einem Schild, das mir mein Papa selbst aus goldener und roter Pappe gemacht hatte, los, um einen Drachen aufzuspüren. Wir wohnten am Rande der Stadt bei einem kleinen Wäldchen, und dahinter lag eine so genannte Schuttkuhle, die es heutzutage so kaum noch gibt, weil inzwischen alle Leute Angst vor irgendwelchem Schutt bekommen haben. Von dieser Schutthalde stieg manchmal leichter Rauch auf und ein scharfer Geruch ging von ihr aus, da sie ja aus lauter Abfall verschiedenster Art bestand. Natürlich war das Betreten dieser Gegend für mich streng verboten, doch ich dachte mir, dass ein echter Drache, wenn überhaupt, nur dort an diesem geheimnisvollen Ort wohnen könne und der Rauch sicher aus seinem Feuer speienden Maul stammen würde.

Ich marschierte also durch das kleine Wäldchen und kam zu einem großen freien Gelände, in dessen Mitte wie bei einem Trichter ein großes Loch zu sehen war, das mit allem möglichen Abfall, Papier, Plastikteilen, Metallgegenständen, Glas und alten Ziegelsteinen bis wenige Meter unter dem Rand gefüllt war. Von einer Stelle sah ich einen leichten Rauchschleier aufsteigen, und über dem Ganzen lag ein brenzliger Geruch von etwas Angekokeltem. Wie ich so vor dem schräg nach unten abfallenden Mülltrichter stand klopfte mir ja doch ganz schön das Herz, das muss ich schon zugeben. Wäre ja wohl bei dir auch so gewesen, oder?«

»Ja, ganz bestimmt, Papa. Ich wäre vielleicht sogar schon vorher wieder umgekehrt.«

»Langsam näherte ich mich also der leicht rauchenden Stelle, als plötzlich hinter mir ein fürchterliches Dröhnen zu vernehmen war, das den Boden erzittern ließ. Es war ein näher kommendes fürchterlich rasselndes Geräusch, das sicher von dem zurück kehrenden Drachen kam, der vielleicht gerade Asthma hatte. Ich sah mich nach einem Versteck um und kletterte in einen großen leeren Karton, der am Rand der Kuhle lag. Beim Hineinklettern geriet dieser jedoch ins Rutschen und rutschte mit mir etwa zwei oder drei Meter die Müllhalde herunter. Nun bekam ich es aber mit der Angst zu tun. Ich klammerte mein Schwert und meinen Schild fest an mich und lugte vorsichtig durch ein Loch in dem Karton. Da sah ich, dass ein riesiger gelber Drache, zum Glück nicht über mir sondern einige Meter seitlich von mir entfernt, sein großes Maul öffnete und eine Ladung von lauter kleinen Sachen, die ich nicht erkennen konnte, in den Mülltrichter spuckte. Sicher war ihm schlecht geworden dachte ich und wartete darauf, dass er sich nun vielleicht schlafen legen würde. Doch das tat er nicht sondern klappte sein gefährliches Maul, in dem man spitze Zähne erkennen konnte, wieder zu und entfernte sich rückwärts mit gewaltigem Schnauben und Rasseln.

Mein ganzer Kampfesmut war durch diesen Anblick wie fortgeblasen. Ich kroch aus dem Karton, wobei dieser noch ein kleines Stück tiefer rutschte und kletterte dann auf allen Vieren ganz vorsichtig nach oben. Endlich hatte ich den Rand erreicht und ging schleunigst den Weg nach

Hause zurück. Von dem Drachen war nur noch ein entferntes Brummen zu hören.

Zu Hause kam dann das dicke Ende. Meine Mama sah die Kratzer an Armen und Beinen und roch an meinen Sachen den leicht erkennbaren Geruch der Müllkuhle. Da half keine Entschuldigung, dass ich ja bloß auf Drachenjagd gewesen sei und den großen gelben Drachen sogar noch selbst gesehen habe. Es gab, wie du dir sicher vorstellen kannst, ein großes Donnerwetter, das erst kurz vor dem Einschlafen damit endete, dass mir mein Papa einen Kuss gab und gestand, dass er als kleiner Junge auch mal so ähnlich Sachen wie die Drachenjagd gemacht habe und dass er mir deshalb nun nicht mehr böse sein könne. Aber ich musste auf Ehrenwort versprechen, nicht wieder auf Drachenjagd zu gehen. Das habe ich dann auch nicht mehr gemacht. Versprochen ist versprochen. Ja, so war das, und hier ist meine Gutenachtgeschichte zu Ende.

Halloweennacht

Der Herbst war gekommen, auf den Märkten wurden zunehmend immer größere Kürbisse angeboten und die Nacht zu Halloween nahte. Und diese Nacht, auf die wir uns freuten, wollten wir natürlich wieder einmal zu einem ordentlichen Streich ausnutzen. Wir, das waren mein Freund und treuer Kumpel Ulrich, genannt Ulli, zu allen Schandtaten stets bereit, und ich.

Damals waren wir Schüler der 7. Klasse des städtischen Gymnasiums, beide 12 Jahre alt und hatten, wie das zu jener schönen Zeit bei ordentlichen Jungs in diesem Alter üblich war, nichts als Unsinn im Kopf, und zwar vorzugsweise gegenüber dem herum albernden weiblichen Geschlecht. Nach den Herbstferien hatte unsere Klasse zwei neue Schülerinnen von einer anderen Schule bekommen. Es waren Zwillinge mit Namen Monika und Ingrid, beide schon 13 Jahre alt. Unser erster Gedanke war, ihnen gleich als Einstand in unsere diesbezüglich bekannte, um nicht zu sagen berüchtigte Klasse einen ordentlichen Streich zu spielen. Unsere Vorbilder waren damals Tom Sawyer und Huck Finn von Mark Twain, die uns die nötigen Anregungen gaben, falls unsere eigene Fantasie mal nicht ausreichen sollte. Doch das kam selten vor.

Daher kam uns die nahende Halloweennacht sehr gelegen, und wir beschlossen, die Zwillinge mit einer so richtig gruseligen Veranstaltung in Angst und Schrecken zu versetzen. Durch Klatsch in der Schulpause hatten wir erfahren, dass ihre Eltern drei Tage verreisen und ihre Töchter als Hüterinnen des Hauses für diese Zeit ausnahmsweise allein zurück lassen wollten. Halloween fiel gerade in diese Zeit, und so ergab sich eine einmalig günstige Gelegenheit für unser Vorhaben. In Vorfreude auf die kommenden Ereignisse hatten wir in einen mächtigen ausgehöhlten Kürbis, den meine Mutter auf dem Markt gekauft hatte, eine richtig unheimliche Fratze geschnitzt, deren diabolisches Grinsen von innen mit einer auf Blinklicht gestellten Taschenlampe schlaglichtartig in dunkler Nacht aufblitzen sollte. Dazu hatten wir eine etwa zwei Meter lange

Stange in Bereitschaft, die oben mit zwei kurzen überkreuz angebrachten Querhölzern versehen war, über die der Kürbiskopf mit der blinkenden Taschenlampe gestülpt wurde. Auf diese Weise sollte der unheimlich blitzende Gespensterkopf auch noch auf und ab bewegt werden, so dass eine Art gespenstische Hüpfbewegung entstand. Wir übten das in meinem Zimmer, und alles klappte wie vorgesehen.

Die Adresse der Mädchen hatten wir über das Telefonbuch herausbekommen und hatten das kleine Einfamilienhaus tagsüber auch schon einer kurzen Besichtigung von der Straße her unterzogen, um uns wenigstens von der Vorderseite des Hauses ein wenig mit den Verhältnissen vor Ort vertraut zu machen. Es gab einen schmalen Vorgarten und hinter dem Haus lugten hohe Bäume und Büsche hervor, die vermutlich gute Verstecke abgaben und ein Anschleichen nach Indianerart begünstigten.

Zur Halloweennacht hatten wir uns um 23 Uhr in der Nähe des Tatorts an einer Bushaltestelle verabredet. Unsere Eltern hatten uns mit einigen Ermahnungen ziehen lassen nachdem wir sie überredet hatten, ein klein wenig zusammen mit anderen Kindern auf eine Halloweentour mitgehen zu dürfen. Kürbiskopf und Taschenlampe hatte ich in einen alten Sack gepackt, und Ulli brachte die schwarz bemalte Stange mit, die er einfach wie eine Art Spazierstock aufrecht in der rechten Hand trug. So ausgerüstet und ganz in Schwarz gekleidet gelangten wir zum Treffpunkt und gingen zusammen weiter zum Haus der Zwillinge, das von der Straßenseite nur schwach von einer alten Straßenlaterne beleuchtet wurde.

Die Fenster zur Straße hin waren alle dunkel und so schlichen wir uns klopfenden Herzens durch den Vorgarten und dann links herum in den eigentlichen Garten, in dem wir hinter einem Busch in Deckung gingen. Mit Befriedigung sahen wir, dass auf der Rückseite im Erdgeschoss des Hauses ein Fenster hell erleuchtet war, vermutlich das Schlafzimmer der Mädchen. Am Himmel stand nur eine schmale Mondsichel, und außerhalb des Lichtscheins vom Fenster herrschte eine nahezu ägyptische Finsternis.

Wie geplant befestigte ich meine Taschenlampe mit Klettband an der

Spitze des Stockes, bog den schwenkbaren Kopf der Lampe nach vorn zum Gesicht des schnell übergestülpten Kürbisgespenstes und schaltete das Blinklicht ein. Ulrich hob die Stange hoch in die Luft, machte Auf- und Abwärtsbewegungen, und beide brachen wir in ein schauerliches Heulen aus, bei dem wir die Hände als modulierende Schalltrichter vor den Mund hielten.

Doch an dem beleuchteten Fenster zeigte sich keine Bewegung. Dafür knackte hinter uns ein Ast, dem ein leises Seufzen folgte. Wie von der Tarantel gestochen fuhren wir herum, konnten aber in der Dunkelheit nichts erkennen. Ulrich holte schnell die Stange ein, um an die unaufhörlich blinkende Taschenlampe zu gelangen. Endlich hatte ich sie in der Hand und wollte sie gerade auf Dauerlicht umschalten, als hinter uns ein deutliches Stöhnen und Husten erklang. Ich erstarrte in der Bewegung und dann, vom Blinklicht nur für Sekundenbruchteile erleuchtet, sahen wir hinter uns ein kopfloses Skelett mit einem daneben schwebenden Totenkopf, aus dem plötzlich ein greller Blitz schoss. Und, als wäre das nicht genug, erklang dazu auch noch das tiefe Knurren eines unsichtbaren Hundes. Das war selbst für tapfere 12jährige Knaben zuviel des Guten. Ulrich ließ den Kürbiskopf fallen und beide gaben wir Fersengeld, ich mit dem Stock und der weiter blinkenden Taschenlampe in der Hand. Hinter uns ertönte ein meckerndes Lachen und ein nochmaliges gereiztes Bellen.

Am folgenden Schultag sahen uns die Zwillinge so seltsam an. Sie fragten nach unseren Erlebnissen in der Halloweennacht und gaben an, selbst auch auf Tour gewesen zu sein. Bei ihrer Rückkehr hätten sie dann zwei Einbrecher im hinteren Teil des Gartens gestellt, denen sie beim Eindringen folgen konnten als sie gerade von ihrem Streifzug zurück kamen. »Doch habe ich«, sagte Monika stolz, »von den beiden noch ein schönes Foto mit Blitzlicht machen können, denn ich hatte meine alte Kleinbildkamera dabei. Der Film wird demnächst entwickelt.« Sie lächelte süffisant. »Und ich bin gespannt auf das Konterfei der beiden Einbrecher ...« Dabei beugte sie sich zu Ulli ans Ohr als ob sie ihm etwas zuflüstern wolle und ließ ein deutliches tiefes Knurren und leichtes Bellen ertönen.

»Nicht wahr«, sagte sie, »so etwas ist gut gegen Einbrecher. Leider haben wir keinen Hund, aber wir wünschen uns einen.«

Tja, wir hatten die beiden echt unterschätzt. Und ein perfekt scharfes Foto von zwei entsetzten Gesichtern ging später unter Gekicher in der Klasse von Hand zu Hand. Wir ertrugen es mit Anstand. Eins zu Null für die Zwillinge.

Zwischenfall im Dunkeln

Spät abends kam Gisela aus der Dusche, ging ins Schlafzimmer und warf dort mit elegantem Schwung ihr großes Handtuch, in das sie sich eingehüllt hatte, nach hinten auf ihr Bett. Sie öffnete den Kleiderschrank, um sich dort ein frisches Nachthemd heraus zu holen, und genau in diesem Augenblick erlosch das Licht. Leise schimpfte sie vor sich hin, dass gerade jetzt diese dämliche Birne durchbrennen musste. Oder war es ein Stromausfall, der die ganze Gegend betraf? Sie ging ans Fenster, zog die Gardine zurück und sah auf die Straße. Ein dünner Halbmond hinter einem milchigen Dunstschleier warf einen schwachen Lichtschein ins Zimmer und die Straßenlaternen leuchteten wie gewohnt. Sie konnte ihren weißen Polo in seiner Laterngarage gut erkennen. Also kein Stromausfall. Sie überlegte in welchem noch nicht ausgepackten Umzugskarton sich die Reservebirnen befinden könnten. Vorsichtig tastete sie sich an der Bettkante entlang, um die Nachttischlampe am Kopfende des Bettes anzuknipsen. Sie drückte auf den Schalter, doch es kam kein Licht. Eine Weile stand sie da und überlegte. Es musste an der Sicherung liegen.

Gisela war Single, allein erziehende Mutter und wollte am Samstag der kommenden Woche mit einigen Freunden ihren 32. Geburtstag feiern. Gleichzeitig sollte es auch eine Einweihungsparty für diese neue größere Wohnung werden, in die sie erst vor wenigen Tagen eingezogen war. Mehrere Kartons standen noch immer unausgepackt herum, und der Grundriss der Dreieinhalbzimmerwohnung mit Einbauschränken, Besenkammer und abgeknicktem Flur war ihr noch nicht so vertraut als dass sie sich jetzt im Dunkeln auf Anhieb hätte zurecht finden können. Jetzt galt es in der Finsternis den Sicherungskasten zu finden. Sie schalt sich selber aus, dass sie noch nicht ihre Taschenlampe ausgepackt und sie wie üblich in der Nachttischschublade deponiert hatte. Jetzt hätte sie sie gut brauchen können. Wo war nur der Sicherungskasten in dieser Wohnung? Vermutlich irgendwo im Flur, nahe der Wohnungstür.

Sie griff unter die Bettdecke, um sich wenigstens ihren Pyjama überzu-
streifen, doch auch der war nicht an seinem Platz. Ihr fiel ein, dass sie ihn
auf dem Bügelbrett in der Küche abgelegt hatte als das Telefon klingelte.
So blieb ihr nichts anderes übrig als sich im Dunkeln so wie sie war zur
Schlafzimmertür zu tasten, was ihr infolge des schwachen Mondlichts
auch ohne anzuecken gelang. Doch dann kam der dunkle Flur, in den
das Mondlicht nicht hinein reichte. Auch hier probierte sie zunächst den
Lichtschalter, doch es blieb dunkel wie zuvor. Nur ihre weiße Haut konnte
sie noch matt schimmernd vor der offenen Schlafzimmertür erkennen.
Sie breitete die Arme aus und tastete sich an den Wänden des Flurs entlang, der nach etwa zwei Metern einen rechtwinkligen Knick nach rechts
machte und dann geradeaus zur Wohnungstür verlief. Doch bevor sie
den Knick erreichte blieb sie wie angewurzelt stehen. Deutlich hatte sie
das leise Knarren einer Tür gehört. Und es klang ganz so als sei es die
Wohnungstür gewesen.

Gisela war von Natur aus nicht ängstlich, doch jetzt fing ihr Herz
schneller an zu schlagen. In letzter Zeit hatte sie mehrmals von zuneh-
menden Wohnungseinbrüchen gelesen. Was sollte sie tun? Zurück ins
Schlafzimmer? Das war sinnlos. Ihr Handy, mit dem sie einen Hilferuf
hätte absetzen können, lag im Wohnzimmer. Und die jetzt unsichtbare
Tür zum Wohnzimmer ging irgendwo links von der längeren Seite des
dunklen Flurs ab. War es ein Eindringling, würde sie diesem also gera-
dewegs in die Arme laufen. Allerdings würden ihre Schritte mit bloßen
Füßen auf dem weichen Flurteppich nahezu unhörbar sein. Also trat sie
noch zwei Schritte vor und blickte vorsichtig um die Flurecke in Richtung
Haustür. Die Küchentür rechts mit Fenster zur Straße stand halb offen
und ein Rest des schwachen Mondlichts erreichte noch eben knapp den
Flur. Kurz dahinter schimmerte weiß die Wohnungstür, die geschlossen
schien. Oder war sie nur angelehnt? War da nicht ein dunkler schmaler
Streifen neben der Klinke? Gegenüber der Küchentür zeichneten sich die
Umrisse der Flurgarderobe ab, an der die Konturen von zwei langen Mänteln und einem Anorak eben noch schwach zu erkennen waren. Ihr fiel
ein, dass auf dem Küchentisch Streichhölzer liegen mussten, die sie zum

Anzünden der Kerzen benutzte. Und daneben mindestens ein Teelicht mit Untersatz. Damit konnte sie den Sicherungskasten finden! Lautlos schlich sie zur Küchentür, drückte die Tür weiter auf, schlüpfte vorsichtig hindurch und ging auf den Tisch zu, der jetzt durch Mondlicht, das durch das große Fenster fiel, recht deutlich zu erkennen war. Doch bevor sie die Streichholzschachtel ergreifen konnte, spürte sie den harten Druck eines kalten runden Metalls auf ihrem nackten Rücken und eine fremde, verzerrt wirkende Stimme befahl ihr im barschen Ton: »Nehmen Sie die Hände hoch. Sofort!«

Ihr Herz raste. Gerade neu in der Wohnung und gleich ein Überfall! Und sie wie ein Opferlamm dastehend, nackt, wehrlos und allem ausgeliefert. Sie war einer Ohnmacht nahe. Nur der Gedanke, dass sie es dem Täter dadurch noch leichter machen würde, hielt sie noch aufrecht.

Doch dann war da plötzlich eine vertraute Stimme, die sie aus allem erlöste. »Du kannst jetzt die Hände wieder runter nehmen, Mutti. Ich wollte nur mal den Zustand deiner Nerven überprüfen.«

Sie schnellte herum und erkannte Lars, ihren neunjährigen hoffnungsvollen Sprössling, der im Schlafanzug vor ihr stand, in der einen Hand eine umgedrehte Taschenlampe, in der anderen Hand ein kleines Gerät, das er sich gerade aus dem Mund geholt hatte. Sie schnappte nach Luft und rang nach Worten.

»Beruhige dich, Mutti. Wir können nun auch das Licht wieder einschalten. Ich hab mal ausprobiert wie es funktioniert.« Und mit nachtwandlerischer Sicherheit verschwand er im Flur, eine Klappe war zu hören, und dann stand Gisela, in helles Licht gebadet vor dem großen Küchenfenster und bot für die gegenüber liegenden Fenster und alle zufällig vorüber gehende Passanten eine durchaus nicht unerfreuliche Vorstellung der besonderen Art. Eigentlich hätte sie jetzt explodieren und Lars mindestens eine Standpauke halten müssen. Oder wenigstens das helle Licht ausschalten. Doch statt dessen breitete sie nur die Arme aus und drückte ihn schweigend an sich. Dabei war ihr bewusst, dass sie Lars durch solche unangebrachte Nachsicht vermutlich zu einem Wiederholungstäter machen würde. Doch so etwas muss eben eine allein erziehende Mutter bei einem aufgeweckten jungen Technikfreak billigend in Kauf nehmen. Und zum Trost kann gesagt werden: Es stählt ungemein die Nerven.

Besuch zur Mitternacht

Am späten Abend des 31. Oktober 2008 hatte es sich Ralf Schöller im Wohnzimmer seines Hauses behaglich vor dem brennenden Kamin gemacht, gerade so wie er es nach anstrengender Tagesarbeit liebte. Das aufgeschlagene Buch lag vor ihm auf dem Couchtisch, daneben stand auf einem silbernen Untersatz ein gutes Glas Portwein und die noch fast volle Flasche dahinter in beruhigender Nähe. Es war bereite nach 23 Uhr und zu dieser Zeit hatte sich Ingeborg, seine Frau, bereits seit etwa einer Stunde ins Bett begeben, um dort noch in Ruhe zu lesen und so wie gewohnt ihre Schwierigkeiten beim Einschlafen zu überwinden.

Herr Schöller blickte auf das schon fast niedergebrannte Kaminholz, das ab und zu knackte und aus dem noch hie und da kleine bläuliche oder orangene Flämmchen empor züngelten. Ein kühler Herbstwind umstrich das Haus und ließ den Schornstein zuweilen wie eine dunkel dröhnende Orgelpfeife einen klagenden Ton von sich geben. Er nippte an seinem Portweinglas und wandte sich dann wieder seinem mäßig spannenden Buch zu, in dem er ein gutes Kapitel weiter zu kommen hoffte. Denn einer seiner Grundsätze war der, einmal begonnene Bücher immer zu Ende zu lesen, selbst wenn sie sich zunächst uninteressanter oder zähflüssiger erwiesen als vorgestellt. Doch konnte er nicht verhindern, dass er bereits mit dem Einschlafen kämpfte.

Plötzlich schrillte laut die Türklingel. Absurd eigentlich um diese Zeit. Vielleicht ein Klingelstreich von umher ziehenden Jugendlichen. Er beschloss, die Klingel zu ignorieren, wartete aber dennoch unbewusst auf ein weiteres Zeichen. Und dieses Zeichen kam: Laut und deutlich erscholl die Klingel zum zweiten Mal. Nun musste doch etwas geschehen. Vielleicht ein Unfall auf der Straße? Er erhob sich, öffnete die Tür und schritt zur Haustür, wobei er sich gleichzeitig wunderte, dass seine Frau, stets neugierig von Natur, nicht schon im Morgenmantel die Treppe herunter kam. Denn die Klingel an der Haustür konnte man oben im ersten Stock genau so deutlich hören wie unten im Parterre. Er schaltete die Außenbeleuchtung des Hauses an und schaute vorsichtig durch den Türspion. Undeutlich erblickte er eine schmächtige, dunkel gekleidete Gestalt, die den Kopf leicht vorgebeugt hielt, so dass lange dunkle Haare vorn über die Schultern fielen. Eine Frau also. Hilfsbereitschaft und Skepsis stritten miteinander, doch dann öffnete er die Tür. »Kann ich Ihnen behilflich sein?«, redete er die dunkle Gestalt an.

Die Frau hob den Kopf, und ein im Licht der fahlen Außenbeleuchtung fast weiß wirkendes Gesicht blickte ihm entgegen. »Ja bitte«, sagte sie. »Darf ich einen Augenblick herein kommen?«

Die Frau trug in der kühlen Herbstnacht keinen Mantel und machte dadurch trotz ihrer gepflegten Erscheinung einen hilfsbedürftigen Eindruck. Daher trat Herr Schöller sogleich zur Seite und machte eine einladende Geste nach drinnen. »Bitte, treten Sie näher und erzählen Sie mir, was ich für Sie tun kann.« Er ging durch den Flur, öffnete die Tür zum halb dunklen Wohnzimmer und wies mit einer Handbewegung auf einen leeren Sessel. »Bitte, nehmen Sie doch Platz. Darf ich Ihnen ein Glas Portwein anbieten?«

Die Frau schüttelte den Kopf und verneinte dankend. »Ich muss verreisen und wollte Sie vorher noch einmal wiedersehen«, sagte sie mit einer leisen, gleichmäßig sanften Stimme.

»Wiedersehen?«, fragte Herr Schöller erstaunt. »Haben wir uns denn schon einmal gesehen?«

»Ich denke doch«, sagte die fremde und doch seltsam vertraut wirkende Frau. Sie ergriff ein ihr im Weg liegendes gelbes Kissen und warf es mit einer ungeduldigen Bewegung auf die Couch, wo es herab rutschte und auf dem Teppich liegen blieb. Dann beugte sie sich zu einer neben ihr stehenden halbhohen Stehlampe, so dass ihr Gesicht im Lichtkegel des Lampenschirms deutlich sichtbar wurde.

Herr Schöller zuckte zusammen. Sandra! Das konnte doch nicht wahr sein! Gealtert zwar, aber noch deutlich erkennbar die schönen Gesichtszüge seiner einstmals großen Jugendliebe. Sie hatte sich damals in einen anderen Mann verliebt und ihn verlassen als er für ein Semester die Universität wechselte und nach München ging. Viele Jahre waren seither vergangen. Er hatte sein Studium der Betriebswissenschaft zu Ende gebracht, dabei Ingeborg kennen gelernt und sie schließlich geheiratet als sie ein Kind erwartete. Aber Sandra hatte er immer im Herzen behalten. Schön, liebevoll und von allen geliebt, nur eben leider auch untreu. – Woher hatte sie nach all den Jahren nun seine Adresse erfahren? Und dann noch ein Besuch zu so ungewöhnlicher Stunde … Unwillkürlich blickte zu der großen Uhr über dem Kamin an der Wand, die sekundengenau über Funk gesteuert wurde. Beide Zeiger waren dabei, auf der Zwölf zu verschmelzen. Mitternacht.

Er suchte nach passenden Worten, doch auch Sandra schien nicht zum Reden aufgelegt. Sie blickte ihn schweigend an und schien seine Gedanken zu lesen, wobei sie leicht nickte als ob sie ihm zustimmen wollte. Ihr Kopf löste sich aus dem Lichtkegel der Lampe und wandte sich zu dem erlöschenden Kaminfeuer. Ihr Blick glitt zu der Wanduhr, auf der jetzt beide Zeiger endgültig die Zwölf erreicht hatten. Sie erhob sich. »Ich muss jetzt leider gehen«, sagte sie mit gleichmütig klingender Stimme. »Es gäbe noch viel zu erzählen, so wie es auch manches zu bedauern gibt. Aber die Zeit ist unpassend, und ich habe es eilig. Doch es hat mich gefreut, dass wir uns noch einmal begegnet sind.«

Herr Schöller wagte nicht eine Einladung zum Wiederkommen auszusprechen, weil er die übertriebene Eifersucht seiner Frau fürchtete. Daher fragte er nur: »Soll ich dir ein Taxi rufen?« »Danke nein«, sagte Sandra. »Ich bin verabredet und werde abgeholt.« Er begleitete sie schweigend zur Haustür. Als er sie zum Abschied küssen wollte, wich sie zurück. Scheu und fast ein bisschen zickig wie in den ersten Tagen ihres Kennenlernens. Die Menschen ändern sich doch nicht, selbst nach so langen Jahren, dachte er im Stillen. »Lassen wir das«, sagte sie nur. »Es hat nun keinen Zweck mehr.«

Er verschloss sorgfältig die Tür, ging zurück ins Wohnzimmer und goss sich kopfschüttelnd noch im Stehen ein zweites Glas Portwein ein. Lesen konnte nicht mehr. Es war Zeit ins Bett zu gehen.

Er schreckte auf als es erneut an der Haustür klingelte. War Sandra zurück gekehrt? Er überlegte, zögerte und ging langsam zur Tür. Doch diesmal hatte seine Frau das Klingeln auch gehört, hatte das Licht eingeschaltet und schaute bereits durch den Türspion als er den Hausflur betrat. Deutlich sah er jetzt wie sie zusammenzuckte und sich mit der rechten Hand an die Brust fasste. Er hielt den Atem an und überlegte was er sagen sollte. Doch dann wandte sie sich aufatmend zu ihm hin. »Ich habe völlig vergessen, dass heute Helloween ist«, sagte sie. »Draußen stehen Kinder mit Masken, die uns erschrecken wollen. Erstaunlich, wie lange Kinder heutzutage noch aufbleiben dürfen.«

»Dann sind es bestimmt dieselben, die vorhin auch schon geklingelt haben«, sagte Herr Schöller. »Ich ging nicht zur Tür, weil es schon so spät war.«

»Das musst du geträumt haben«, entgegnete seine Frau. »Ich habe die ganze Zeit gelesen und müsste das Klingeln genau so wie jetzt dieses Klingeln ebenfalls gehört haben.«

Herr Schöller war außerordentlich erleichtert, dass er nicht mehr nach einer Erklärung für seinen überraschenden Besuch zu suchen brauchte. »Sicher, so wird es wohl gewesen sein«, entgegnete er ruhig. »Ich bin beim Portwein, der ja immer so schön müde macht, eingeschlafen. Vielleicht habe ich ja sogar dieses Klingeln jetzt hier vorweg geträumt. So etwas soll ja vorkommen. Eine Art geträumtes Déjà-vu«. Und dabei blickte er gedankenverloren auf ein neben dem Sofa am Boden liegendes Kissen. Auch seine Frau erblickte jetzt das gelbe Seidenkissen, hob es auf, wobei sie missbilligend den Kopf schüttelte, und legte es mechanisch auf den Sessel zurück. Sie gingen nach oben.

Eine Woche später brachte die Post einen Brief mit schwarzer Umrandung ins Haus. Trauerpost für Herrn Ralf Schöller. Die Anzeige betraf eine gewisse Sandra Bischof, geborene Lehmann, gestorben am 31. Oktober 2008. Dazu hatte jemand handschriftlich einen kurzen Gruß mit dem Zeitpunkt des Todes hinzugefügt: 23 Uhr 55.

Besuch vom Weihnachtsmann

In der Weihnachtszeit passieren zuweilen die merkwürdigsten Dinge. Kommt da so ein kleines Mädchen, vier Jahre alt vielleicht, in schickem Plüschteddymäntelchen und roten Schuhen an der Hand der Mutter bei einem weihnachtlichen Einkaufsbummel an einem Bettler mit Bart vorbei, der neben dem Eingang eines großen hell erleuchteten Warenhauses auf einer Decke auf dem Bürgersteig sitzt, vor ihm ein Hut mit wenigen Münzen. Die Kleine fragt keck: «Hei, bist du der Weihnachtsmann?« Die Mutter errötet und will das Kind schnell wegziehen, doch der Bettler sagt ganz ruhig: »Ja, der bin ich, aber ich bin heute gerade nicht im Dienst.« »Kommst du uns besuchen?«, fragt das Mädchen prompt, und der Mann nickt. »Ja, gewiss, wenn ich im Dienst bin und deine Mami es auch möchte.« Die Mutter möchte intervenieren, doch ehe sie den Mund öffnen kann schreit die Kleine schon: »Bitte, bitte, Mami, sag' dass er kommen soll!«

Die Mutter ist peinlich berührt, sieht sich scheu nach Passanten um ob auch keiner mithört, aber sie fragt doch: »Ist das Ihr Ernst? Wollen Sie uns wirklich als Weihnachtsmann besuchen?« – »Ich *bin* der Weihnachtsmann«, antwortet der Mann und blickt in die erwartungsvollen Augen des Kindes. »Wenn Sie möchten, geben Sie mir Ihre Adresse und sagen Sie mir wann ich kommen soll.« Die Mutter überlegt, das Kind drängelt und bettelt, und schließlich greift sie in ihre Handtasche, holt ein Portemonnaie und einen Kuli heraus, entnimmt eine Quittung von Aldi und schreibt auf die leere, nur schwach blau bedruckte Rückseite die Adresse. Unter den Zettel schiebt sie unauffällig einen 10 Euro-Schein und gibt beides dem Mann. »Wäre es Ihnen recht, abends am 4. Advent, einen Tag vor Heiligabend, gegen 18 Uhr?« Der Mann nickt. »Ja, das ist ein Tag, an dem ich gerade im Dienst bin.« Das Mädchen freut sich und klatscht in die Hände. »Au fein, ich freu' mich schon auf dich!« Die Mutter zweifelt innerlich, aber sie ist in Eile und möchte die peinliche Szene möglichst abkürzen. »Na gut denn, wir werden ja sehen … Jedenfalls werden wir dann zu Hause sein. Auf Wiedersehen ...« – »Tschüss bis bald!«, kräht das Mädchen, das übrigens Regina heißt, und dreht sich noch mehrfach lebhaft winkend nach dem Bettler um, während es von der Mutter mit sanfter Gewalt weiter gezogen wird.

Inzwischen hätte die Mutter im Weihnachtstrubel, man hat ja an so vieles zu denken, diese Szene längst vergessen, wenn nicht ihr kleiner Liebling ständig nach dem Weihnachtsmann gefragt hätte und wann er nun endlich kommen werde. Hoffentlich ist sie nicht zu sehr enttäuscht wenn er nicht kommt, denkt sie. Und eigentlich hätte sie dem Mann ja auch mehr Geld für Süßigkeiten und kleine Geschenke zum Mitbringen geben sollen. Mit 10 Euro kommt man da nicht weit. Doch andererseits hat sie auch ziemlich fest damit gerechnet, dass der Mann das Geld in Schnaps anlegen und sie ihn nicht mehr wiedersehen wird. Oder soll sie zur Sicherheit einen zweiten Weihnachtsmann bestellen, damit Regina nicht zu sehr enttäuscht ist wenn der erste nicht kommt? Heutzutage gibt es ja nichts was es nicht gibt, und so ist in der Zeitung unter ›Verschiedenes‹ auch die Telefonnummer eines ›Weihnachtsmannnotdienstes‹ angegeben. Sie holt das Handy aus der Tasche, will schon die Nummer eintippen und mal anfragen, doch dann überlegt sie dass es ja noch peinlicher sein würde, wenn plötzlich zwei gegeneinander konkurrierende Weihnachtsmänner vor der Tür stehen sollten. Das Kind würde ja völlig den Glauben verlieren. Sie beschließt, falls der Weihnachtsmann ausbleiben sollte, Regina mitzuteilen, der Weihnachtsmann sei krank geworden und hätte absagen müssen, was auch sicher das Vernünftigste ist.

Dann kommt der vierte Advent. Alle vier Kerzen brennen am Kranz und als es bereits gegen 16 Uhr dunkel wird, leuchten alle Vorgärten und Fenster der Häuser, zuweilen sogar die Häuser selbst mit unzähligen elektrischen Lichterketten und allerlei leuchtenden Verzierungen in dieser gut erleuchteten Wohngegend. Die Zeiger der Uhr nähern sich langsam der 18 Uhr-Stellung. Regina freut sich und fragt dauernd nach Wie-lange-noch, und die Mutter hat alles gut vorbereitet. Insbesondere hat sie einige Geschenke im Schrank bereit gelegt, die Regina zum Trost bekommen soll, falls der Weihnachtsmann nicht kommt.

Doch es klopft ganz pünktlich an der Tür. Der Weihnachtsmann vermeidet den volltönenden elektrischen Gong und klopft, als ob es keine Klingel gäbe, laut und vernehmlich, mit der Faust vermutlich, dreimal an die Außentür: Poch, poch, poch … Die Mutter knipst etwas nervös überall das Licht an und geht zur Tür. Regina, der es nun doch etwas schummerig zu Mute geworden ist, geht auf Distanz und stellt sich in eine hintere Ecke des Zimmers. Dann hört man die Tür klappen und die Mutter betritt das Zimmer, gefolgt mit schweren Schritten vom Weihnachtsmann. Dieser knipst als erstes das Licht aus, so dass nur noch der Schein der vielen Kerzen übrig bleibt. Doch Regina hat ihn schon vor dem Ausknipsen des Lichts sofort wieder erkannt. Es ist derselbe Mann mit Bart, aber nicht mit roter Mütze und rotem Mantel wie sie erwartet hat, sondern mit einer altmodischen Pelzkappe mit hoch geklappten Ohrenschützern auf dem Kopf, einem langen braunen Mantel und schwarzen Stiefeln an den Füßen, die wie alte Soldatenstiefel, früher so genannte Knobelbecher, aussehen. Er trägt auch keinen großen Sack über der Schulter, sondern hat nur einen sehr viel kleineren Beutel in der Hand. Immerhin ist aber auch keine Rute zu erkennen, wie Regina mit Erleichterung feststellt.

Der Weihnachtsmann sagt mit tiefer wohlklingender Stimme: »Guten Abend, da bin ich, der Weihnachtsmann. Kannst du mir ein Gedicht aufsagen?« Das hat Regina erwartet und sie legt sofort los: »Lieber guter Weihnachtsmann, sieh' mich nicht so böse an, stecke deine Rute ein, ich will auch immer artig sein.« Das Gedicht ist kurz, der Weihnachtsmann macht »hm, hm …«, und sagt dann: »Sehe ich dich denn böse an, kleine Regina? Und eine Rute brauche ich auch nicht einzustecken, weil ich gar keine dabei habe. Ich bin nämlich ein lieber Weihnachtsmann, der niemanden mit der Rute schlagen will. Und nun werde ich dir auch mal ein Gedicht aufsagen.« Und er beginnt mit tiefer Stimme: »Da drauß' vom Walde komm' ich her, ich muss euch sagen es weihnachtet sehr …« Dieses Gedicht ist länger und es gefällt Regina sehr gut. Ihre Schüchternheit verfliegt, und sie fragt nachdem der Weihnachtsmann geendet hat schon ganz zutraulich: »Lieber Weihnachtsmann, warum hast du denn keinen roten Mantel und keine rote Mütze auf? Du bist doch heute im

Dienst.« – Dieser erwidert prompt: »Rote Mäntel, rote Mützen und weiße Bärte aus Watte haben nur unechte Weihnachtsmänner an. Das sind in Wirklichkeit normale Menschen, die sich nur so verkleiden, weil sie denken, der Weihnachtsmann sähe so aus. Doch in Wirklichkeit sieht der Weihnachtsmann so aus wie ich, und ich bin der echte Weihnachtsmann.«

Das versteht Regina sofort. Schon oft hat sie sich gewundert, dass so viele unterschiedliche Weihnachtsmänner in roten Mänteln und roten Mützen in den Kaufhäusern herumlaufen, obwohl es doch eigentlich nur einen einzigen geben dürfte. Nun ist sie stolz, dass zu ihr der einzig echte Weihnachtsmann gekommen ist. Gleich morgen wird sie es ihren Freundinnen erzählen. Der Weihnachtsmann fährt fort: »So, nun haben wir zwei Gedichte gehört, und nun wollen wir noch eine Geschichte hören und zusammen ein Lied singen. Möchtest du eine Geschichte hören? Dann komm näher und setze dich da in den Sessel neben deine Mami.

Regina ist begeistert und setzt sich sofort in den Sessel, auf den der Weihnachtsmann deutet. Und er beginnt: »Es war einmal ein kleines Mädchen, etwa so alt wie du, das verirrte sich eines Tages in einem großen Wald, in dem tiefer weißer Schnee gefallen war …« Der Weihnachtsmann erzählt weiter mit seiner tiefen Stimme im Schein der vier Adventskerzen und noch anderer Kerzen, die von weißgoldenen Porzellanengeln getragen werden. Die Geschichte wird immer spannender, doch sie soll hier nicht verraten werden, weil sie nur für Regina bestimmt ist.

Während dieser supertollen Geschichte hat jeder die Zeit vergessen, und so dauert der Besuch des Weihnachtsmanns länger als es die Mutter erwartet hat. Doch das bemerkt sie erst später, als er schon wieder gegangen ist. Nachdem der Weihnachtsmann geendet hat, wird auf seine Anordnung ein Lied gesungen. Zur Sicherheit spricht er den Liedertext vor. Dann stimmen alle drei an: »Es ist ein Ros' entsprungen …« Die Mutter ist Singen nicht gewohnt und hat einen Frosch im Hals. Doch sie bemüht sich tapfer mitzuhalten. Die Stimme Reginas ist dünn und piepsig, doch die klangvolle Stimme des Weihnachtsmanns reißt auch hier wieder alles heraus. Dann greift der Weihnachtsmann zu dem Beutel, den er auf den Tisch gelegt hat. Wegen der Geschichte und durch das Mitsingen hat Regina gar nicht mehr an Geschenke gedacht. Doch der Weihnachtsmann zieht aus dem Beutel einen bunt glänzenden sternförmigen Pappteller hervor, den er bedächtig mit Keksen, Mandarinen, Nüssen und kleinen bunt eingewickelten Schokoladenstückchen auffüllt. Ein richtiger bunter Berg entsteht, und Regina schaut mit Begeisterung zu.

Dann verabschiedet sich der Weihnachtsmann, wünscht »Frohe Weihnacht«, wie man es von ihm erwartet, und geht mit schweren Schritten auf die Tür zu. Die Mutter ruft: »Moment noch!« und sucht hastig im Halbdunkel nach einem vorbereiteten Umschlag, den sie hinter Büchern im Regal versteckt hat. Eine Vase kippt um, und es dauert einige Zeit bis der Umschlag zum Vorschein kommt. Doch da ist es schon zu spät. Man hört das Klappen der Außentür, und als die Mutter durch den beleuchteten Vorgarten auf die dunkle Straße läuft, ist der Weihnachtsmann spurlos verschwunden. Regina rennt hinterher und ruft: »Mutti, Mutti, das war der echte Weihnachtsmann!« Die Mutter wendet sich mit Erstaunen im Blick um, sieht auf den weißen Umschlag, den sie in der Hand hält und sagt dann ungewohnt langsam und deutlich: »Ja mein Kind, das war der echte Weihnachtsmann.«

Die beiden Federn

Bevor mein Freund Konrad M. im November des vergangenen Jahres starb, gab er mir auf meine wiederholte Bitte die Erlaubnis, eine Geschichte der Öffentlichkeit zugänglich zu machen, die so skurril und ganz und gar märchenhaft erscheint, dass ich es keinem Leser oder Hörer auch nur im geringsten verübeln kann wenn er dem hier Erzählten keinen Glauben schenkt. Ich lege einem solchen Glauben oder Unglauben auch keinerlei Wert bei und überlasse es im Sinne einer strikten Neutralität Jedem, sich unbeeinflusst seine eigene Meinung zu bilden. Natürlich könnte ich zu dem mir von Konrad Anvertrautem auch schweigen. Doch zum einen habe ich jetzt endlich nach langer Überredung die Erlaubnis, sein höchst seltsames Abenteuer schriftlich niederzulegen und es anderen zur Kenntnis zu bringen. Zum anderen aber, und das ist der für mich entscheidende Grund, halte ich mich gegenüber denjenigen, die noch imstande sind an Wunder zu glauben, schlichtweg für verpflichtet, ihnen das hier folgende Wunder einer Neujahrsnacht nicht vorzuenthalten.

Als sich das Ereignis vor mehr als 50 Jahren abspielte, war mein Freund Konrad Student der Philologie im letzten Semester und lag am Silvesterabend mit hohem Fieber, Kopfschmerzen und Liebeskummer im Bett seines kleinen Mansardenzimmers, das er damals zur Untermiete bewohnte. Das Fieber rührte von einer grippeähnlichen Infektion her, die damals bei nasskaltem hässlichem Dezemberwetter weit verbreitet war und die er sich irgendwo in der Uni oder sonst wo aufgeschnappt hatte. Den Liebeskummer hatte seine langjährige Freundin H. auf dem Gewissen, die ihn kurz vor Weihnachten mit der unerfreulichen Mitteilung überrascht hatte, dass sie sich seit einiger Zeit unwiderruflich in einen anderen Kommilitonen, der bis dato sogar noch ein guter Kumpel von Konrad gewesen war, verliebt habe. Diese Mitteilung hatte die natürlichen Abwehrkräfte gegen einen Infekt verständlicherweise nicht gerade erhöht, und so lag Konrad nun zu Silvester krank im Bett und drehte sich von einer Seite auf die andere, während er durch die dünnen Gardinen dem Widerschein der draußen zischend empor steigenden Raketen zusah und auf das Knallen der Böller horchte.

Was dann folgte, werde ich, um eine größtmögliche Authentizität zu wahren und soweit es mir nach meiner Erinnerung noch möglich ist, mit den eigenen Worten meines Freundes im Folgenden wiedergeben. Hier also sein Bericht, den er mir kurz vor seinem Tode nochmals wiederholte, in seiner wunderbaren Erinnerung vielleicht etwas ausgeschmückt, doch an dessen Wahrheitsgehalt ich nach den vorliegenden Fakten und langen Jahren keinen Grund mehr habe zu zweifeln.

Während ich mich unruhig im Bett wälzte und vergeblich einzuschlafen suchte, hatte ich mich gerade vom offenen Raum weg zur Wand neben meinem Bett gedreht, als sich hinter meinem Rücken ein matt grünlich schimmernder fluoreszierender Schein ausbreitete, der nach und nach meine ganze Umgebung ausfüllte. Zuerst hatte ich noch an einen verirrten Feuerwerkskörper gedacht, der auf dem Vordach vor meinem Fenster gelandet sein konnte. Doch als sich das grünliche Licht verstärkte und kein Ende nahm, drehte ich mich wieder langsam auf die andere Seite zum offenen Raum hin. Und da erblickte ich eine Erscheinung, die mir glatt den Atem verschlug.

Vor mir stand ein entzückendes Wesen in menschlicher Gestalt barfuß auf dem Bettvorleger und schaute mir lächelnd in die Augen. Wenn ich sage »in menschlicher Gestalt« stimmt das nur bedingt, denn hinter einem blonden Lockenköpfchen breiteten sich zwei kleine Flügel aus, die in wunderbarer lichter Zartheit aus weichen schneeweißen Flaumfedern modelliert zu sein schienen. Es musste sich also um einen wahrhaftigen Engel handeln, der mir da zu Besuch gekommen war.

Nun stellt man sich unter Engeln oder zumindest unter solchen Engeln, die jemandem erscheinen und etwas mitzuteilen haben, schöne große Gestalten in langen Gewändern vor, häufig einen Palmzweig oder eine Blume in der Hand haltend und allenfalls an schönem langen Haar und mildem Gesichtsausdruck als weibliche Wesen erkennbar. Ganz anders war es hier.

Dieses Engelchen wirkte mit schräg gelegtem Köpfchen und einem fast spitzbübischen Lächeln durchaus eher menschlich als himmlisch. Wären da nicht die Flügel gewesen, die jeden Zweifel ausschlossen, hätte man an seiner Eigenschaft als Engel so seine Bedenken haben können. Die liebliche Gestalt war nur mit einem weißen Hemdchen bekleidet, das knapp bis zu den Hüften reichte, und unter dem Halsausschnitt wölbte sich unübersehbar ein anmutiger Busen, der sich verlockend unter dem dünnen Stoff abzeichnete.

Mein Herz klopfte mir bis zum Halse. Mit weit geöffneten Augen starrte ich die Erscheinung an, unfähig auch nur einen Laut von mir zu geben. Doch der kleine Engel lächelte mich nur freundlich an und sprach wie sein berühmtes Vorbild aus der Weihnachtsgeschichte, das er möglicherweise etwas unvollkommen nachzuahmen suchte: »Fürchte dich nicht, lieber Konrad«, um dann nach einer wirkungsvollen Kunstpause fortzufahren: »Auf meinen eigenen Wunsch, den ich an diesem Jahresanfang äußern durfte, wurde mir erlaubt, heute zu dir herab zu steigen, um dich wie es unter Menschen üblich ist, mit Liebe in das neue Jahr zu begleiten. Wisse, dass neu im Himmel angekommene Engel zum Jahresende einen Wunsch frei haben, mit dem sie einen unglücklichen Menschen glücklich machen dürfen. Welcher Mensch das sein soll, durfte ich mir aus einer Liste mit Vorschlägen aussuchen. Und *wie* wir den ausgewählten Menschen glücklich machen, bleibt uns überlassen. Und so habe ich mir dich ausgewählt, weil mich deine traurige Lage anrührte. Wenn du möchtest, komme ich zu dir und schlafe mit dir in das neue Jahr hinein. Mein Name ist Petra, und ich bin nur wenige Tage nach meinem 18. Geburtstag nach einem tödlichen Unfall mit Hilfe einer Art Green Card, die es, wenn andere Voraussetzungen übereinstimmen, auch bei uns gibt, direkt in den Himmel gekommen. Das war vor nicht allzu langer Zeit, so dass ich noch ab und zu an meine weltliche Umgebung denken muss, in der ich doch vieles verpasst habe. Heute möchte ich etwas von dem so Versäumten nachholen und dabei zugleich dich glücklich machen. Aber natürlich nur, wenn du es auch möchtest. Und dabei lächelte die Sprecherin verschmitzt und drehte sich ein wenig kokett zur Seite, so dass sich ihr Hemdchen über ihrem Busen spannte.

Ich wagte nicht zu sprechen, weil ich fürchtete, dass mich der Klang meiner Stimme aus einem gerade erst begonnenen wunderbaren Traum reißen würde. Daher nickte ich nur schweigend, während ich die vor mir stehende liebliche Gestalt mit klopfendem Herzen und weit geöffneten Augen unverwandt ansah. Petra lächelte zurück und begann ihr Hemdchen vorsichtig auszuziehen. Das ging nicht über Kopf wie bei einem Menschen, weil die Flügel nach oben hin den Weg versperrten. Vielmehr zeigte es sich, dass das Hemdchen sehr praktisch auf dem Rücken lose zusammen geknöpft war. Nachdem diese Knöpfe gelöst waren, streifte sie es nach vorne ab, klappte ihre kleinen Flügel vorsichtig wie ein Nektar naschender Schmetterling zusammen, und vor mir stand erwartungsvoll lächelnd die niedlichste kleine Eva, die man sich auf Erden nur vorstellen kann.

Auch jetzt blieb ich vor diesem anmutigen Bild stumm und war außerstande mich zu rühren. Doch Petra machte keine weiteren Umstände, sondern schlug meine Bettdecke zurück, befreite mich mit sanften Händen von meinem Schlafanzug und schwang sich leicht wie eine Feder und wohl mit Unterstützung ihrer Flügel rittlings auf mich und gab mir den zärtlichsten Kuss, den ich je in meinem Leben erhalten habe. Dabei strich sie mir liebevoll über das Haar und sagte fast entschuldigend: «Du musst wissen, dass ich nicht auf dem Rücken liegen kann, weil meine Flügel Schaden nehmen könnten. Der Flügelbereich ist nämlich bei Engeln, was du natürlich nicht wissen kannst aber später sicher einmal selbst erfahren wirst, sehr empfindlich und sollte nicht gedrückt oder gar gezaust werden. Daher sei bitte vorsichtig an dieser Stelle.»

Das nahm ich mir natürlich zu Herzen und mied peinlichst genau die Stellen des Flügelansatzes und überhaupt beide zarten Flügel, deren Daunen nur ab und zu wie ein leichter Windhauch über meine Hände glitten und mich daran erinnerten mit welchem Wesen ich es in dieser Nacht zu tun hatte. Mein Fieber spürte ich nicht mehr und es wurde eine lange und wunderbare Nacht. Während draußen noch die letzten Böller krachten und verspätete Raketen in den Nachthimmel empor stiegen, wurde ich so glücklich wie noch nie in meinem Leben und schlief schließlich in sanfter Umarmung am Busen meiner kleinen Glücksbringerin ein, die sich still neben mich gelegt hatte nachdem sie ihre Flügel sorgfältig zur Seite hin geordnet hatte.

Am nächsten Morgen schlief ich bis zum Mittag in das begonnene neue Jahr hinein. Als ich endlich erwachte und mir die Augen rieb, war das Bett neben mir leer. Verständlicherweise fragte ich mich daraufhin als erstes, ob mein nächtliches Abenteuer nur ein schöner Traum gewesen war. Mehrere Umstände brachten mich dann jedoch zu der Überzeugung, dass ich meinen Besuch in der Neujahrsnacht nicht nur im Traum, sondern in Wirklichkeit empfangen hatte. Zum einen war da die Tatsache, dass mein Fieber plötzlich wie weggeblasen war und ich mich so gesund und munter fühlte wie seit langem nicht mehr. Zum zweiten war in meinem Zimmer der feine Hauch einer wohlriechenden Substanz zu bemerken, deren Geruch ich zuvor noch niemals wahrgenommen hatte. Doch am auffälligsten war der dritte Hinweis auf eine tatsächlich erlebte Wirklichkeit: Als ich die Bettdecke zurück schlug bemerkte ich unterhalb meines Bauchnabels zwei winzige Flaumfedern, die sich an meine Haut geklebt hatten. Sorgfältig löste ich die Federn ab und bewahrte sie in einer kleinen Pappschachtel für alle Zukunft auf.

Es ergab sich, dass mir das neue Jahr Glück und Segen bringen sollte. Mein anstehendes Examen bestand ich mit Glanz und begann als Angestellter einer großen Verlagsfirma, in der ich wie von fremder Hand geführt die Stufen eines großen persönlichen Erfolges empor stieg. Ich gründete eine Familie und lebte glücklich bis zum heutigen Tage.

So endet die Geschichte wie sie mir berichtet wurde. Es bleibt noch die Erklärung, weshalb Konrad sie als einzigem mir, seinem jüngeren Freund (und Professor der Chemie) im Vertrauen erzählt hat. Schuld hatte die nur allzu menschliche Neugier, der es zu verdanken war, dass er Jahre nach diesem Vorfall eines Tages der Versuchung nicht widerstehen konnte, eine der beiden Flaumfedern aus seiner sorgsam gehüteten Schachtel zu entnehmen und ein darauf spezialisiertes Institut mit einer DNA-Analyse zu beauftragen. Denn theoretisch bestand noch immer die Möglichkeit, dass sich damals die beiden Federn einfach aus dem Inhalt seiner Bettdecke gelöst hatten und ganz schlicht von Gänsen oder Enten stammten, während alles Übrige nur ein schöner Traum war.

Das Resultat der Analyse bestätigte ihn jedoch endgültig in seiner bereits gefassten Meinung. Ihm wurde bescheinigt, dass die Feder außer Spuren seiner eigenen DNA überhaupt keine irgendwie geartete DNA enthielt, sondern aus einer unbekannten Substanz bestand. Ihm wurde empfohlen, sich an ein chemisches Labor zu wenden, weshalb er damals zu mir kam. Eine chemische Analyse misslang, und es zeigte sich noch nicht einmal die Struktur einer unbekannten Molekularverbindung. Das war bei den vorhandenen Möglichkeiten der modernen Physik und Chemie ein Ergebnis von größter wissenschaftlicher Brisanz. Es schien sich um eine Materie zu handeln, die nicht aus Atomen und Molekülen bestand, sondern sich auf unbegreifliche Weise aus einem Energiequantum direkt in eine uns unbekannte Art von fremder Materie umgewandelt hatte. Ich dachte an die Stringtheorie. Sollte sich hier die so lang vermisste Bestätigung ergeben? Jedoch verzichtete ich auf dringendes Bitten von Konrad, der ja immerhin mein Auftraggeber war und zu bestimmen hatte, die Öffentlichkeit zu informieren und behielt das sensationelle Ergebnis für mich. Er aber, mit dem ich dank dieser Diskretion in fester Freundschaft verbunden blieb, erlaubte mir auf meine wiederholte Bitte dann doch, die hier geschilderten Umstände nach seinem Tode zu veröffentlichen, vielleicht zum Trost auch für die wenigen Überlebenden, die noch an Wunder zu glauben vermögen.

Im Interesse der Wissenschaft hatte ich auf den Besitz der kostbaren Federn aus seinem Nachlass gehofft. Doch Konrad hatte sie wenige Tage vor seinem Dahinscheiden aus einem offenen Fenster davon fliegen lassen.